# ストライク・ザ・ブラッド APPEND 3

第一話
覚醒
— Awakening —

夜明け前——

疲れ果てて泥のように眠っていた暁古城は、唐突な頬の痛みで目を覚ました。

「古城。おい、古城、起きろって」

「……矢瀬？」

ぼやけた視界に映ったのは、見慣れないコテージの天井と、古城の頬を叩き続ける友人——矢瀬基樹の顔だった。

窓越しに見える空はまだ暗い。頼りなく輝く下弦の月が、南の海上に浮かんでいる。

「なんだよ、こんな時間に。まだ朝の五時前じゃねーか……」

ベッド脇のデジタル時計を一瞥し、古城は深々と溜息をついた。

古城たちが一昨日から訪れているのは、絃神島の沖合に浮かぶ新造の増設人工島、通称〝ブルーエリジアム〟だ。半径六百メートルにも満たない小さな島だが、島全体が巨大なテーマパークとして設計されており、レジャープールや水族館、遊園地などの娯楽施設が満載されている。リゾートホテルや貸別荘などの宿泊設備も充実しており、古城たちが泊まっているコテージも、そのひとつだ。

とはいえ、ただの高校生が、なんの苦労もなしにそんな最新リゾートに泊まれるはずもない。過酷な焼きそば屋のバイトに駆り出されたり、日本政府が仕組んだ巨大な陰謀に巻きこまれたり——古城たちが支払った代償はあまりにも大きかった。そんなこんなで疲労のピークに達した古城としては、ギリギリまで長く眠っていたいというのが本音である。

しかし矢瀬は、露骨に迷惑そうな古城の態度を気にもせず、尻ポケットからなにかを取り出した。ＩＣチップを埋めこんだプラスチック製のカードらしい。

「これ、なんだと思う？」

「なんだ？　鍵……か？」

古城は、枕に顔を押しつけながら、やる気のない声で返答する。

矢瀬が大げさに眉を上げ、ニヤニヤと得意げに微笑んだ。

「大正解。このコテージのマスターキーってやつだ」

「マスターキー……？　そんなものなんに使うんだ？」

古城はかすかな不安を覚えて訊き返す。このコテージの宿泊客は全員が身内か友人だ。マスターキーなど使わなくても、普通に頼めば、ドアを開けてくれるはずである。

しかし矢瀬は古城を見下ろし、呆れたように肩をすくめてみせる。

「おいおい、いつまで寝ぼけてんだ、古城？　ここはブルーエリジアムだぜ？」

「あ、ああ……？」

「憧れのリゾートアイランド、開放的な気分の中、思春期の若い男女が、ひとつ屋根の下に寝泊まりしてるんだ。この状況で夜明け前にやることといったら、わかるだろ？」

「……いや、わからん。なんだ？」

古城は無関心な声を出す。正直、真面目に考える価値があるとは思えない質問だ。

一方の矢瀬は、たっぷりと息を吸いまくって答えを溜めに溜めたあと、

「ドッキリだよ！　寝起きドッキリ！」

「……は？」

古城は短い沈黙のあと、友人の顔を冷ややかに見返した。

矢瀬が、ふふん、と得意げに胸を張る。

「女子部屋にこっそり忍び込んで、あいつらの寝顔を拝ませてもらうんだよ！　飾ったり取り繕うことの出来ない、ありのままの姿をな！」

「あー……それでマスターキーか……」

古城はぐったりと布団に埋もれて、溜息まじりに呟いた。

コテージ内の寝室は、それぞれ内側から鍵がかかるようになっている。矢瀬が女子の寝室に忍びこむためには、マスターキーの入手が不可欠だったのだ。

「オーケー、わかった。じゃあ、俺はもっかい寝直すから」

古城はヒラヒラと手を振ると、勝手にやってくれ、と矢瀬に背中を向けた。こんな早朝から、矢瀬のくだらない思いつきに、いちいちつき合ってはいられない。

「おいおい、本当にそれでいいのか、古城？」

矢瀬は意外にも平静な口調で、古城を試すように訊いてくる。

「いいも悪いも、勝手に部屋に入ったりなんかしたら、あいつら怒り狂うだろ。俺は嫌だぞ、巻きこまれるのは。やるならおまえ一人で勝手にやってろ」

「そうか……わかった」

素っ気ない古城の返答を聞いて、矢瀬は重々しくうなずいた。

「じゃあ、兄貴の許可も出たところで、凪沙ちゃんの部屋から行かせてもらうか」

「ちょっと待てェ！」

実の妹が寝起きドッキリの最初の犠牲者に選ばれたことを知り、古城は慌てて跳ね起きる。

「なんで凪沙の部屋からなんだよ!?」

吹き抜けの階段を上り終えたところで、古城はどうにか矢瀬を取り押さえることに成功した。

コテージの部屋割りは一階が男子部屋と共有スペース、二階はすべて女子部屋になっている。凪沙と藍羽浅葱はそれぞれ個室。いちばん大きなツインの部屋を、雪菜と江口結瞳が使っていたはずだ。

「いやだって、俺たちが無理やり浅葱や姫柊ちゃんの部屋に侵入したら犯罪じゃねえか」

古城に羽交い締めにされたまま、真面目な顔で答える矢瀬。いちおう犯罪という自覚はあったのか、と古城は逆に感心する。

「その点、実の兄貴が妹の部屋に入るのは、べつになんの問題もないからな」

「いや、なんの問題もないかどうかは知らんが……」

古城は苦い表情で息を吐く。暁家の兄妹仲はそこそこ良好だが、だからといって古城が勝手に部屋に入ったら、凪沙は普通に怒るだろう。

「第二に凪沙ちゃんを仲間に引き込んでおけば、ほかの女子の部屋にも入りやすくなる」

「あー……」

矢瀬の説明の続きを聞いて、古城は妙に納得した。この男は最初から、今回の寝起きドッキリ企画に凪沙を巻きこむつもりだったのだ。たしかに凪沙が一緒なら、無断で部屋に踏みこまれた浅葱や雪菜も、あまり強く文句を言えないはずだ。

「というわけで、訴訟リスクの回避のためにも、凪沙ちゃんの説得を頑張ってくれ、古城」

「いや、そもそも訴訟リスクのあるような悪事を働くなよ、最初から」

古城が力無く嘆いて脱力する。そんな古城の腕を振りほどき、真顔になった矢瀬がコホンと咳払いをした。そして不意に声を潜めて、「おはようございます」と囁くように言い放つ。

「──現在の時刻は、午前五時です。我々は、今、暁凪沙ちゃんの部屋の前に来ています」

「誰に向かってなんの中継をしてんだよ、おまえは」

「というわけで、さっそく部屋のほうに入ってみたいと思います。いざ！」

「いざ、じゃねえよ！」

古城は矢瀬の襟首をつかんで、彼の手からカードキーをむしり取った。いくら親友とはいえ、ほかの男子に、妹の寝姿を見せるのはやはり抵抗がある。

「いいから、おまえはここで待ってろ。凪沙を起こしてくればいいんだろ」

「お、協力する気になったのか？」

「おまえを野放しにしとくよりはマシだからな」

疲れた声で言い返しながら、古城はカードキーをドアノブにかざした。ＬＥＤが青く発光し、施錠されていたドアが開く。

「凪沙、悪い。ちょっと入るぞ」

古城は小声でそう言って、凪沙の寝室へと足を踏み入れた。常夜灯に照らされた部屋は意外に明るく、吸血鬼の視力に頼るまでもなく、中の様子を見渡せる。

ベッドがひとつとソファとテーブル。ありふれたシングルルームだった。とはいえ、さすがに高級コテージだけあって、それぞれの部屋に独立したトイレとバスルームが設えられている。片付け魔の凪沙の部屋だけあって、室内は綺麗に片付いていた。すっきりと整頓された小物と雑貨。着替えの服は丁寧にたたんで、テーブルに積み上げられている。

唯一乱雑なのは、ベッド周りだ。寝乱れたシーツの上には、エアコンのリモコンが無造作に転がり、パジャマ代わりの短パンとノースリーブのシャツが脱ぎ捨てられている。しかし肝心の凪沙の姿が見当たらない。部屋の中は無人だったのだ。

「……凪沙？　あいつ、こんな時間に、どこに……？」

古城の額にじわりと汗が滲んだ。普通に考えれば、浅葱か雪菜の部屋あたりに遊びに行ったと判断するべき状況だろう。だが、それでは、凪沙の衣服が脱ぎ捨てられている理由が説明できない。それに部屋のドアが施錠されていたことも不可解だ。

まさか空間跳躍能力を持つ何者かに、誘拐されてしまったのではないか――妹の安否を気遣う古城の不安が暴走し、そんな突飛な仮説すら浮かんでくる。その直後、
恐怖に立ち竦む古城の背後で、ガチャリとドアノブの回る気配がした。

「うにゃー、危ない危ない」

防音の効いたバスルームから洩れ出してきたのは、湯気とほのかな石鹸の香りと、聞き覚えのある妹の声だった。白い肌をほんのり上気させた凪沙が、ドアを開けて、ひょっこりと姿を現す。バスタオルを肩に羽織っただけの無防備な姿だ。

「お風呂に着替え持ってくの忘れちゃったよ。今夜は一人部屋でよかっ……た……!?」

明るく独り言を呟きつつ部屋に戻ってきた凪沙が、立ち尽くす古城の姿に気づいて、呆然と目を見開いた。なにが起きたのか理解できない、という表情だ。

対する古城も無言のまま動きを止めていた。なにしろ誘拐されたのではないかと心配していた妹が、いきなり素っ裸で出現したのだ。かけるべき言葉など、すぐに思いつくはずもない。

だがそんな気まずい沈黙が続いたのは、ほんの一瞬のことだった。

キッと眉を吊り上げた凪沙が、険しい目つきで古城を睨みつけてくる。

「古城君！　なんでいるの!?　部屋の鍵、かけておいたはずだけど……！」

「ま、待て。落ち着け。これにはちゃんと事情があって……ていうか、おまえ、なんでこんな時間に風呂に入ってんだ？」

「エアコンつけずに寝てたら汗だくになって目が覚めちゃったから、スッキリして寝直そうと思ったの！」

「な、なるほど……」

そうか、と古城は深く納得する。言われてみれば、単純な話だ。汗をかいたので、服を脱いで、風呂に入る。文句のつけようのない、実に明快な理屈である。

「だけど、シャワー浴びたんなら、身体はちゃんと拭いとけよ。風邪引くぞ」

まだ濡れてるじゃねーか、と妹の体調を気遣いながら、古城はさりげなく部屋を出て行こうとする。凪沙はきょとんと目を瞬いて、

「ああ、うん……って、こら、逃げるな！　なにしに来たの、古城君の変っ態っ！」

「うがっ……目があっ!?」

濡れたバスタオルで鞭のように顔面をしばかれた古城が、両目を押さえて悲鳴を上げた。

数分後。パジャマに着替え直した凪沙は、廊下に正座させた古城と矢瀬を、蔑むような目つきで見下ろしていた。

「――つまり浅葱ちゃんや雪菜ちゃんに寝起きドッキリを仕掛けたかったから、凪沙にリポー

ター役をやらせようと思って起こしにきた……ってこと？」

「いやだから、俺じゃなくて矢瀬のヤツがな」

古城が横目で矢瀬を迷惑そうに眺め、矢瀬は素知らぬ顔で小さく口笛を吹く。

「うー、矢瀬っちー……」

低い唸り声を上げながら、半眼で矢瀬を睨みつける凪沙。そんな彼女の唇に浮かんだのは、にやけるような不敵な笑みだった。

「ナイスだよ、その企画！」

「ええっ⁉」

グッと親指を立てる妹を眺めて、古城はぽかんと目を丸くする。そうこなくちゃ、と矢瀬がガッツポーズを作り、凪沙はうんうんと感心したように何度もうなずいた。

「そうだよね。せっかくリゾートにお泊まりなんだし、寝起きドッキリはやらないとね。凪沙もなにか物足りないとは思ってたんだよ。あ、そうそう、カメラカメラ。浅葱ちゃんや雪菜ちゃんたちの寝顔もバッチリ記録しとかないと」

「撮影は任せろ。このスマホの内蔵カメラ、最新の暗視補正機能付きだから」

「だったら灯りを消したままでも大丈夫だねっ」

「いや、ちょ……待て待て！」

矢瀬と一緒に妙なテンションで盛り上がる妹を、古城は急いで制止する。

「それでいいのか？　そもそも、おまえ、姫柊の寝顔くらい何度も見てるだろ？　家が隣同士なんだし――」

「自分ちに泊まって一緒に寝起きするのと、旅先の寝起きドッキリは全然違うよ」

なに言ってるの、と凪沙は呆れ顔で古城を見返した。なにがどう違うんだよ、と古城は軽く混乱する。

「そうと決まれば、さっそく行ってみようぜ。善は急げ。早起きは三文の徳。タイム・イズ・マネー」

怪しげな格言を羅列しつつ、スマホを構えて立ち上がる矢瀬。

凪沙はパジャマの襟元を整え、カメラに向けて余所行きの笑顔を作った。

「……おはようございます、暁凪沙です。この部屋に浅葱ちゃんが泊まっているということで、こっそりとお邪魔してみたいと思います」

「その中継ごっこはやらなきゃいけないお約束なのかよ……」

唐突に実況を始める凪沙を眺めて、古城はうんざりと顔をしかめる。その間に凪沙と矢瀬は勝手に鍵を開け、浅葱の寝室へと入りこんでいた。

整然としていた凪沙の部屋とは対照的に、荷物が散らばる生活感にあふれた部屋だった。充電中の大量の電子機器。床に転がったままのスーツケース。カラフルなコスメとスキンケア用品。女子の部屋に特有の甘い香りの中、浅葱はベッドの上で静かな寝息を立てている。

「まずは荷物のチェックからお願いしまーす」

「はいはい、荷物荷物。さすがは、浅葱ちゃん。オシャレな服がいっぱいですねー」

ディレクター役の矢瀬に指示されて、凪沙が浅葱のスーツケースを漁り始める。中から出てきたのは、見たこともないほどの大量の衣装だ。

「いやいやいや、服、多すぎだろ！　あいつのスーツケースは四次元にでも通じてるのか？」

古城は凪沙たちを止めることも忘れて、膨大な着替えの量に圧倒される。あらゆるＴＰＯに対応できるようにしてあるのだろうが、いくらなんでも数が多すぎだ。水着だけでも十セットくらいはありそうだ。

「おっと、これは浅葱ちゃんが昨日着てた水着ですね。けっこう大胆です。はい、古城君」

「なんで俺に渡す⁉」

凪沙に手渡された水着を反射的に受け取って、古城はぎくしゃくと固まった。すでに洗濯を終えて乾いたあとなのだから、理屈の上では、ただの布きれと変わらないはずだ。それでも浅葱がこれを着ていた場面を見ているだけに、どうしても意識してしまう。

「机の上は電子機器だらけですね。あとはコスメと……おおっと、大変なモノを見つけてしまいましたよ。歯ブラシです。浅葱ちゃんの使用済み歯ブラシ！　はい、古城君」

「だから俺に渡すなよ！　どうしろって言うんだ、こんなもの⁉」

「それではいよいよ浅葱ちゃんの寝顔を拝見したいと思います……うわ⁉」

兄の困惑をスルーしてベッドのほうへと向かった凪沙は、声を潜めることも忘れて、小さく悲鳴を上げた。感動に目を潤ませながら、困ったように古城を見つめてくる。

「どうしよう、古城君。可愛すぎるんですけど!?」

「そうか……？　たしかにいつもとはイメージが違うけど」

眠り続ける浅葱を眺めて、古城は小さく首を傾げた。すっぴんで髪を三つ編みにしている浅葱は、普段よりもずっと幼く見える。古城と最初に出会ったころの彼女の雰囲気だ。どちらかといえばこちらが浅葱の本質なのだろう。普段から、こんな大人しい恰好をしていれば、今よりも遥かに男子にモテるだろうに、と古城は他人事のように考える。

「パジャマも可愛いです。そしてちょっとセクシーで……どうしよう、ドキドキしてきたかも。って、矢瀬っち、なにやってるの、写真撮って！　写真！」

「まかせろー」

興奮気味にまくし立てる凪沙に命令されて、矢瀬がスマホの撮影ボタンを連打する。連続するシャッター音が静かな寝室に響き渡り、んん、と浅葱が眉間にしわを寄せた。

長い睫毛を揺らしながら、浅葱がゆっくりと瞼を開く。さすがに部屋の中でこれだけ騒げば、彼女が目を覚ますのも当然だ。

「……なにやってんの、あんたたち？」

浅葱が寝起きの不機嫌な声で訊いてきた。もともと目鼻立ちのくっきりとした彼女は、ノーメイクでもあまり印象が変わらない。冷え冷えとした強烈な視線に、矢瀬はスマホを構えたまま凍りつく。

「お、おはようございます」

寝起きドッキリです、と引き攣った笑顔で挨拶する凪沙。見上げたリポーター根性だ。

「なるほどね……だいたいの状況はわかったわ。凪沙ちゃんまで一緒になって……」

薄暗い部屋の中をゆっくりと見回し、浅葱は気怠く溜息をついた。

「ごめんね、浅葱ちゃん。でも、ほら、せっかくのリゾートだし、寝顔、可愛かったし」

凪沙が慌てて取り繕うように頭を下げ、いい写真撮れたぜ、と自慢げな矢瀬。

浅葱はうっすらと冷淡な笑みを浮かべると、枕元に置いたスマホに手を伸ばした。

「モグワイ！」

『あいよ、嬢ちゃん』

浅葱の相棒である人工知能が、ケケッ、と嘲るような声を出す。次の瞬間、矢瀬のスマホから、ガリガリと耳障りなノイズが洩れ出した。

「え⁉ うおっ⁉ なんだこれ⁉ ちょ、俺のスマホ……⁉ ウィルスか⁉」

矢瀬が咄嗟にリセットしようとするが、スマホは持ち主の操作を受け付けない。点滅する画面に映っているのは、髑髏のマークが入った爆弾だ。やがて導火線が燃え尽きると同時に、矢瀬のスマホは完全に沈黙する。浅葱が外部からハッキングして、データを破壊したらしい。再起不能になったスマホを握り締め、床に突っ伏して震える矢瀬。

「で、今回の言い出しっぺはいったい誰なのかしら？」

ふん、と乱暴に鼻を鳴らして、浅葱が古城たちに詰問する。

その瞬間、矢瀬と凪沙の視線が、示し合わせたように古城へと向けられた。

「おいっ!?　おまえら!?　待て、浅葱！　違う！　俺はいちおう止めようとしたんだって！」

古城は懸命に首を振り、自らの無実を主張する。

浅葱はそんな古城に向かって、作り物めいた美しい微笑を浮かべ、

「人の歯ブラシ握り締めて言い訳されても、説得力ないわよ」

「で、ですよね……って、そうじゃなくて、これは凪沙のやつが無理やり――」

「うるさい出てけえええええっ！」

「ごっ……!?」

浅葱が投げた低反発枕をもろに顔面に喰らって、古城は大きく仰け反った。

「というわけで、いよいよ雪菜ちゃんと結瞳ちゃんの部屋に突撃したいと思います」

「まだ続けるのかよ……」

実況を再開した凪沙を眺めて、古城は苦々しげに眉を寄せた。

当然だ、と言わんばかりに、マスターキーをかざす矢瀬。浅葱にあれだけこっぴどく叱られ

ても、まったく懲りていないらしい。

このまま二人を放置してもとばっちりを受けることは確実だと、古城は半ば諦観した気分で、凪沙たちのあとについていく。

雪菜と結瞳の寝室は、ほかの部屋よりも一回り大きなツインルームだった。二人とも荷物が少ないせいか、部屋の中は綺麗に片付いている。手前側のベッドに寝ているのは、子猫のように背中を丸めた小柄な少女だ。

「結瞳ちゃんです。眠っている結瞳ちゃんを発見しました」

凪沙が足音を殺しながら、就寝中の結瞳に近づいていく。ショートの髪からのぞく結瞳の耳が小刻みに震えるが、彼女が目を覚ます気配はない。

「パジャマ代わりに着ているのは、これは大きめのTシャツでしょうか。ダブダブのシャツの裾からのぞく素足がマニアックで可愛いです。あとはふっくらしたほっぺがもう……」

「おい、凪沙！　よだれ、よだれ！」

興奮気味に解説を続ける凪沙に、古城はティッシュを差し出した。実際、結瞳の幼い寝姿には小動物っぽい愛らしさがあり、凪沙が荒ぶるのも無理はないと思える。と、そんな古城の心を読んだかのように、矢瀬が生温かな目つきで肩をすくめて、

「やれやれ。まったく、この兄妹は」

「なっ⁉　ちょっと待て、俺はなにもしてねーだろ⁉」

「矢瀬っち、矢瀬っち、そんなことより、カメラ……って、壊れてるんだっけ。しょうがないから、凪沙のスマホで」

「だからおまえもやめろって！」

結瞳の撮影を始めた凪沙を、古城が必死で妨害する。さすがに小学生相手の盗撮は、犯罪の臭いがギリギリすぎる。

「ん……」

そうやって古城たちが揉み合う気配に気づいたのか、結瞳がもぞもぞと頭を振った。

年齢の割に大人びた、大きな瞳が古城たちを見上げてくる。

「……ゆ、結瞳？」

彼女と見つめ合う形になってしまった古城は、無理やり強張った愛想笑いを浮かべた。

結瞳は、ふふっ、と悪戯っぽく目を細め、愉しげに唇の端を吊り上げた。

「あれぇ……なんなんですかあ、皆さん。もしかして夜這いですかぁ？」

「げ……!?　おまえ、莉琉の人格か!?」

やけに挑発的な結瞳の言動に、古城は背筋を凍らせた。

莉琉とは結瞳の裏の人格。〝夜の魔女〟と呼ばれる世界最強の夢魔の能力を制御するために、人工的に作り出された、もう一人の結瞳自身だ。

しかし幸い現在の莉琉に、古城たちを傷つける意思はないらしい。彼女は、開ききらない瞼

をこすりながら、少し名残惜しそうに古城たちを見返し、

「でも、ごめんなさい。今朝はまだ眠いんで……お休みなさい……」

そう言って再び目を閉じた。そして、すぐに穏やかな寝息を立て始める。

「結瞳……？」

完全に結瞳が眠りに落ちたことを確認して、古城は胸を撫で下ろす。こんなところで夢魔の能力を使われたら、またしても大惨事になるところだ。

だが、安心するのはまだ早かった。油断する古城を嘲笑うように、背後で誰かの倒れる音がする。振り向いた古城が目にしたのは、死体のように床に転がる矢瀬だった。

ふと気づけば、凪沙までもが、結瞳のベッドに突っ伏して眠りこんでいる。結瞳の精神支配を喰らって、強制的に眠らされてしまったらしい。吸血鬼である古城だけが、夢魔の能力の影響を受けなかったのだ。

「って、おい！　矢瀬！　凪沙！」

薄暗い部屋に一人で取り残された古城は、勘弁してくれ、と天を仰ぐ。

凪沙と矢瀬が熟睡してしまった以上、もはや寝起きドッキリを続ける意味はない。むしろ、ここに留まるのは危険だ。自分の部屋に戻って寝直すか、と古城が投げやりに息を吐き、

「――っ!?」

そんな古城の目の前で、むくり、と誰かが起き上がる気配があった。

生気を感じさせない静謐な瞳で、古城を見つめていたのは姫柊雪菜だ。

今の彼女の服装は、コテージに備えつけの古風な浴衣。華奢な体つきと黒髪のせいか、控え目に言ってもよく似合っている。似合い過ぎてどこか不安になるほどに。

「ひ……姫柊……？」

無言で立ち上がって近づいてくる雪菜を、古城は怯えたような表情で見返した。

雪菜の表情は茫洋として、まったく感情が読み取れない。怒りも動揺も表に出さない彼女の予想外の反応に、古城は逆に不安を覚えた。

そして雪菜は苦笑するように目を細め、優しげな口調で古城に呼びかける。

「紗矢華さん」

「……え？」

「こんな時間になにをやってるんですか、紗矢華さん？」

クスクスと呆れたように笑いながら、雪菜が古城の手を握った。彼女の視線は古城に向けられていたが、古城ではないべつのものを見ているようにも感じられる。

「ふふっ、また恐い夢を見たんですか？」

幼い子どもをあやすように、雪菜が古城の頭を撫でてくる。そんな雪菜の奇矯な振る舞いに、古城は軽い目眩を覚えた。

「……姫柊、もしかして、寝ぼけてるのか？」

「寝ぼけてなんかいませんよ」

なにを言ってるんですか、と雪菜が拗ねたように唇を尖らせる。まるで自分が酔っていないと主張する酔っぱらいを見ているような気分だ。

どうやら雪菜は古城のことを、かつてのルームメイトである煌坂紗矢華と誤認しているらしい。恐い夢を見たと主張して、雪菜に甘えようとする紗矢華——いかにもありそうな出来事だ。

「もう、一緒に寝るのは今夜だけですからね」

唖然とする古城の手を引いて、雪菜が自分のベッドに戻る。予想外の強い力に、古城はまったく逆らえない。どうやら雪菜は無意識に、古城の手首の関節を極めているらしい。

合気道の要領でベッドの上に転ばされた古城に、雪菜はそのまま寄り添ってくる。

「ま、待て、姫柊。俺だ、俺！」

さすがにこのままではまずいと感じて、古城は声を張り上げた。そんな古城の危機感が通じたのか、雪菜は、ぱちぱちと目を瞬いて、

「……暁先輩？」

「いや、待て、違うんだ。説明すると長くなるんだが、これには寝起きドッキリという歴史的、文化的な事情があってだな……」

ベッドの上に押さえつけられたまま、古城は早口で釈明を続ける。雪菜が正気を取り戻したとしても、古城が微妙な立場に置かれていることに変わりはないのだ。

しどろもどろな古城の言い訳を、雪菜はしばらく黙って聞いていたが、

「わかりました」

「そう、わかってくれたか……え？」

「一人で眠れないなんて、本当に世話の焼ける吸血鬼ですね」

戸惑う古城を慰めるように、優しく抱き寄せてくる雪菜。ノーブラとおぼしき柔らかな胸の弾力に、古城は息を詰まらせる。

「だからっ……そうじゃなくて！」

「大丈夫ですよ、先輩。わたしが、朝までちゃんと監視てますから——」

「え!?　おい、ちょっと、姫柊さん……？」

古城にぴったりと寄り添ったまま、雪菜が再び目を閉じる。うかつに触れると浴衣がはだけてしまいそうで、彼女を強引に振り払うこともできない。

浴衣の襟元からのぞく細い鎖骨と白い肌。密着した胸元から、互いの心臓の鼓動が伝わる。

このまま朝が来て雪菜が本当に目を覚ましたら、大混乱が待ち受けているだろう。ドッキリでは済まされない真のパニックが訪れるはずだ。その瞬間を想像して古城は恐怖する。

そんな古城の焦りも知らず、雪菜は無邪気に眠り続けている。

「今度はいい夢を見てくださいね」

囁きに似た雪菜の寝言が、古城の耳を優しくくすぐった。

第二話
第四真祖は泳げない
— Stormy Sky —

絃神島は、太平洋のド真ん中、東京の南方海上三百三十キロ付近に浮かぶ人工島だ。最先端の学究都市にして、人類と魔族が共存する国内唯一の〝魔族特区〟である。

だがその常夏の魔族特区は地域特性上、年間を通じて、ある脅威にさらされていた。

熱帯・亜熱帯地方の洋上で発生し、暴風や豪雨によって甚大な被害を及ぼす自然災害――すなわち、台風に。


「マジかよ……モノレール、止まってるじゃねーか」

スマホの交通情報の画面を眺めて、暁古城は呆然と呟いた。

世界最強の吸血鬼――などというふざけた肩書きで呼ばれてはいるものの、見た目は気怠げな表情を浮かべた、どこにでもいそうな男子高校生である。制服の上に羽織った白いパーカーは雨でぐっしょりと濡れそぼり、くすんだ色の前髪から水滴がこぼれ落ちている。

時刻は午後五時を過ぎたばかりだが、空は真夜中のように暗かった。絃神島全域が、昼過ぎから、今年十八個目の台風の暴風域に入っているのだ。

「バスも全便運休だそうです。幹線道路が通行止めになっているみたいで」

壊れてしまった傘を畳みながら、姫柊雪菜が、濡れた髪を払う。

彩海学園中等部の制服を着ているが、彼女の正体は獅子王機関の見習い剣巫。政府から派遣されてきた古城の監視役だった。

二人が雨宿りをしているのは、彩海学園の体育倉庫。たまたま下校が遅くなった古城たちは校舎を出た直後に豪雨に見舞われ、近くにあったこの小さな建物に慌てて駆けこんだのだった。

「歩いて帰るのは、さすがに難しそうだな」

体育倉庫の中のマットに座って、古城は深く溜息をつく。

そうですね、と雪菜は同意し、

「道路が冠水しているらしいので危険だと思います。それでなくても先輩は泳げないですし」

「ち、違う！　泳げないっていうか、ほら、吸血鬼は流れる水を渡れないって言うだろ！」

「その学説は迷信だと証明されてますけど」

「うっせーな。べつに俺じゃなくても、この台風の中、泳いで川を渡ったら普通に死ぬわ！」

窓の外を流れる雨水を睨んで、古城は懸命に主張した。倉庫裏に生えた雑木の枝が、ものすごい勢いで揺れている。明らかに出歩くのは危険な状況だ。

「風がまた強くなったみたいですね」

「ああ。だから姫柊だけでも先に帰れって言ったのに。俺の補習が終わるのを待ってないでさ」

雪菜の何気ない呟きに、古城は、どことなく負い目を感じて肩をすくめた。

二人の帰宅が遅れたのは、出席日数の足りない古城が、居残りさせられていたせいなのだ。

あと一時間ばかり早く下校していれば、雪菜だけでも、無事に帰れたはずである。

しかし雪菜は、銀色の槍の入ったギグケースを抱えて、とんでもないと首を振り、

「それはできません。わたしは先輩の監視役ですから」

「監視もクソも、この嵐の中で俺がなにをするってんだよ。ロクに外にも出られないのに」

古城が頬杖を突いてうんざりとぼやく。交通機関は麻痺しているし、おそらく校舎もすでに施錠されているだろう。この付近には、ほかに避難できそうな場所もない。雨風のピークは今日の深夜。下手すると今夜は、雪菜と二人で、このまま体育倉庫で夜を明かす羽目になるかもしれない。勘弁してくれ、と古城は思わず頭上を仰ぐ。

そんな古城の目の前に、すっと差し出されてきたのは真新しいスポーツタオルだ。

「先輩、身体を拭いてください。そのままだと風邪、引きますよ」

「ああ、悪い。ていうか、姫柊はそのままでいいのか？」

「わたし、ですか？」

タオルを古城を手渡しながら、きょとんと首を傾げる雪菜。古城は、思わず彼女の胸元から目を逸らし、

「いや、制服が濡れて、その、下着が透けてるんだが――」

「え？」

濡れた制服に視線を落とし、雪菜は、ああ、と微苦笑を浮かべた。そして彼女は、制服の胸元を引っ張り、黒っぽいインナーを自分から古城に見せつけてくる。

「これは平気です。水着ですから」

「え、水着？　なんで？」

「今日の水泳の授業が中止になって、水着を使わなかったので。こんなこともあるかと思って、さっき制服の下に着ておきました」

「そ、そうか。それでか……」制服越しに透ける雪菜の水着を眺めて、古城が安堵したように言った。「姫柊が黒いパンツはいてるのは、めずらしいと思ったんだよな」

「は？」古城の言葉を聞き咎めて、雪菜が表情を硬くする。「み、見たんですか、先輩!?」

「見たんじゃなくて、見えたんだよ。さっき風でめくれて」

古城は淡々と事実を告げる。体育倉庫に逃げこむ前、雪菜のスカートは強風にあおられて、派手にめくれあがっていたのだ。そのときの彼女は黒い下着をつけているように見えたのだが、今にして思えば、あれは学校指定の競泳水着の一部だったのだろう。

そうやって一人で納得している古城を、なぜか雪菜は頬を赤らめながらキッと睨みつけ、

「い、いやらしい！」

「なんでだ!?　姫柊だって、平気だって言って今見せてくれただろ!?」

「だからって勝手にのぞくのは駄目です！　心の準備だってあるんですよ！」

跳び箱の上で制服のスカートの裾を押さえたまま、雪菜が膨れっ面でそっぽを向く。古城にはもうなにがなんだかわからない。心の準備があれば見てもいいのだろうか、と疑問に思う。

「なあ、姫柊」

「近寄らないでください。刺しますよ」

「そうじゃなくて、なんか、水位上がってないか？」

倉庫の入り口の隙間から、浸み出してくる水の量が勢いを増していた。いわゆる床上浸水の状態だ。古城が座るマットにも、だいぶ水が染みこみ始めている。

「排水溝があふれ出したんでしょうか……？」

雪菜が不安そうに体育倉庫の窓を見た。学校裏手の緩やかな斜面に面した方角だ。

「この建物の土台はかさ上げされてるから、大丈夫だとは思うけどな」

そう言って古城は、曇った窓の外に視線を向ける。滝壺に流れ落ちる激流のような音を立て、なにかが斜面を滑り落ちてきたのは、その直後だった。

無人の軽トラックが、濁った泥水に乗って、かなりの勢いで押し流されてくる。

水に浸かって動かなくなったため、坂の上に乗り捨てられていたらしい。雨を吸って柔らかくなった斜面が崩れ、土砂や街路樹と一緒に流れてきたのだ。

軽トラックは斜めに傾いた哀れな姿で、ちょうど古城たちがいる倉庫の真横——学校の敷地と道路を隔てる排水溝に嵌まって停止した。土砂に埋もれた排水溝から、流れていた泥水があふれ出し、薄汚れた車体がたちまち沈んでいく。幸いにも体育倉庫の土台部分は排水溝よりもだいぶ高い位置にあり、放っておいても危険はなさそうだ。そう思って古城がホッとしたとき、

「猫……!?」

雪菜が、窓の外を見つめて息を呑んだ。軽トラックの荷台の幌の上で震えている、小さな生き物に気づいたのだ。

「逃げこんだ軽トラごと流されたのか。まずいな、このままだと——」

古城が、唇を歪めて硬い声を出す。あふれ出す濁流は勢いを増して、軽トラックを再び押し流そうとしている。ただでさえ激しい風雨にさらされて弱った猫に、そこから逃れる力はない。

それを直感的に理解した瞬間、古城は考えるよりも先に動いていた。

「悪い、姫柊！ 退いてくれ！」

「先輩!? なにを——!?」

啞然と目を見開く雪菜の隣で、古城は倉庫の窓を開けた。そのまま眼下の軽トラックへと飛び降りる。滑る屋根にバランスを崩しながらも、古城はどうにか無事に着地。そして素早く手を伸ばし、震えている猫を抱き上げた。

しかし幸運もそこまでだった。叩きつけてくるような暴風と濁流に耐えかねて、古城たちを乗せたまま軽トラックが横転。古城は猫を抱えたまま、濁流の中へと転落したのだ。

「げほっ！ くそ、さすがに無理があったか！」

必死に体育倉庫に戻ろうとする古城だが、軽トラックすら押し流す濁流に抵抗できるはずもなかった。立ち上がることすらままならないまま、泥水の中に呑みこまれる。そして——

これは死ぬな、と他人事のように意識した瞬間、細い網状の物体が古城の全身を搦め捕った。

「なんだ、これ⁉　ネット……⁉」

「つかまっててください、先輩！」

雪菜が濁流の中に投げこんだのは、体育倉庫に保管されていたテニスコート用のネットだった。おそらく呪術で筋力を強化しているのだろう。雪菜はそのネットを投網のように使って、溺れかけた古城を引き上げていく。

全身ズブ濡れになった古城が、倉庫の中に引き上げられて戻って来たのは、それから数分後のことだった。もちろん助けた猫も一緒だ。

「し、死ぬかと思った。助かったぜ、姫柊。サンキュな」

マットの上にぶっ倒れた古城が、疲れ果てた声で雪菜に礼を言う。救出された猫は、素早く古城の腕から抜け出して、濡れた身体をぶるぶると振っていた。

雪菜は、目の端に涙を浮かべて古城を睨み、

「まったくもう、なにを考えてるんですか！　泳げもしないのに、あんな無茶を――」

「いやまあ、俺一人なら溺れて死んでもどうにかなると思って。姫柊のおかげで、この猫も助かったんだし」

ハハッ、と自嘲めかした態度で古城は笑い、それからくしゃみを連発した。

いくら絃神島が常夏といっても、台風の日にズブ濡れになったままではさすがに冷える。全

身の震えが止まらない。世にも情けない表情を浮かべて、濡れた制服のシャツを絞る古城（こじょう）を、雪菜（ゆきな）はしばらく無言で見つめていた。そして彼女は、やがて諦めたように息を吐き、

「まったくもう……本当に世話の焼ける吸血鬼（ヒト）ですね」

上半身裸の古城の肩に、そう言ってぴったりと寄り添って座った。乾きかけていた制服が再び濡れるのも構わず、雪菜は身体（からだ）を密着させてくる。

その唐突（とうとつ）な行動に、焦ったのは古城のほうだった。古城は全身を硬直させたまま、至近距離にある彼女の横顔に視線を向けて、

「ひ、姫柊（ひめらぎ）……な、なにを……」

「動かないでください。風邪、引きますよ」

幼い子どもを諭（さと）すような口調で、雪菜が古城に命令する。そして彼女は、古城の腕をそっと自分の胸元に抱き寄せて、

「温かく、ないですか?」

「い、いや。すごい温かいっていうか、熱くなってきたというか……」

雪菜の献身的ともいえる行動に、古城は自らの体温が急上昇するのを感じていた。おそらく雪菜に他意はないのだ。せいぜい猫を助けたご褒美（ほうび）として、寒さに震えている古城の身体を温めてやろうと思ったのだろう。彼女の柔らかな弾力や肌の温もりが、古城の精神状態に及ぼす影響を、雪菜は今イチ理解していない節がある。

すでに窓の外は暗く、体育倉庫の中にはおあつらえ向きにマットが敷かれており、この場にいるのは古城たち二人と猫が一匹だけ。そのあまりにもベタベタなシチュエーションに古城の妄想が膨らんで、性欲を引き金とした吸血衝動が刺激される。喉がどうしようもなく渇きを訴え、古城の視野が深紅に染まる。そして世界最強の吸血鬼〝第四真祖〟の肩書きを持つ少年は、監視役の少女の腕を乱暴に振り払い、

「すまん、姫柊。もう無理……」

「え⁉　せ、先輩⁉」

驚く彼女の見ている前で、古城は盛大に鼻血を噴き出した。口腔に流れこんだ自らの血液を味わいながら、その場にぐったりと倒れこむ古城。

「先輩！　しっかりしてください、先輩！」

なにが起きたのかわからないまま、雪菜は血まみれの古城を必死で揺すっている。体育倉庫内の混乱を知ってか知らずか、窓の外の風雨は勢いを増していた。

猫が、ニャア、と溜息のような鳴き声を洩らす。〝魔族特区〟の嵐の夜が更けていく――

第三話
暁の空と星の降る夜
— Starry Sky —

「先輩！　暁先輩！　見てください、すごい星……綺麗！」

岬の展望台から空を見上げて、姫柊雪菜は声を弾ませた。

空気の澄んだ冬の夜空を、星々の輝きが埋め尽くしている。

振り返る彼女の首元でマフラーが揺れ、白い吐息が夜の闇に吸いこまれて消えた。

「寒っ……！」

雪菜の隣に立ち止まりながら、暁古城はブルッと背中を震わせる。

二人が訪れているのは、日本海に面した北陸地方の某県だ。流れこんだ寒気の影響で気温は氷点下を下回り、吹きつける海風は肌を裂くように冷たい。

常夏の絃神島で暮らす古城たちには、なかなか過酷な環境である。

「なんだよこれ!?　めちゃめちゃ寒いな！　てか、風、冷たっ……マジで死ぬ。凍え死ぬ」

「もう、先輩。しっかりしてください」

不死身の吸血鬼のくせに、と雪菜が咎めるような視線を古城に向けてくる。

「せっかく流星群を見に来たのに、雰囲気が台無しじゃないですか」

「そう言われても、寒いものは寒いんだから仕方ねーだろ」

ガチガチと寒さで奥歯を鳴らしながら、古城は唇を尖らせた。

「そもそもなんで流星群を見るためだけに、わざわざ本土まで来なきゃなんねーんだよ。流れ星くらい、絃神島からでも普通に見えると思うぞ」

「でも、せっかく南宮先生が招待してくださったんですし。いい旅館だったじゃないですか」

「まあ、たしかにメシは美味かったけどな……刺身が新鮮で、肉も豪華で」

旅館で出された夕食の内容を思い出し、古城はうっとりと目を閉じる。

数年に一度の規模といわれる流星群を観測に行こうと、古城たちを誘ってきたのは南宮那月だった。どことなく怪しさを感じないわけではなかったが、旅費も滞在費も那月持ちという破格の好待遇に目がくらみ、古城たちは本土までやって来た、というわけだ。

意外にも那月が手配したのは老舗の高級旅館で、用意された部屋や食事も文句なしに上質なものだった。

「お風呂も天然温泉で豪華でしたしね」

「温泉か――……このまま宿に戻って、風呂でのんびりしたい気分なんだが……」

「駄目ですよ。まだ肝心の流星群を見てないじゃないですか」

古城をたしなめるようにそう言って、雪菜は再び夜空を見上げる。

その雪菜の表情が、不意に硬く強張った。

「姫柊……？　どうした？」

「いえ……すみません。でも、なにか、嫌な感じが……」

「嫌な感じ？」

古城は眉を寄せながら空を見た。

満天の星空は静かに澄み渡ったままで、異変らしきものは感じられない。とはいえ、雪菜は優れた霊能力者だ。その彼女が、不吉な予感を覚えたという事実が妙に気にかかる。と——

「気づいたか。さすがだな、獅子王機関の剣巫」

古城たちの背後から突然聞こえてきたのは、どこか幼くも傲岸な声だった。波紋のように虚空を揺らして、豪奢なドレス姿の南宮那月が現れる。

古城は驚いて彼女のほうに振り返り、

「那月ちゃん？　なんだよ、急に……？」

「ついさっき宇宙航空開発管理公社から連絡があった。今回の流星群に含まれる微細な小天体のいくつかが、ニギハヤヒと衝突したそうだ」

「ニギハヤヒ？　宇宙ステーションの実験モジュールですか？」

雪菜が驚いて訊き返し、那月は無表情にうなずいた。

「そうだ。日本製の有人実験施設として、主に宇宙空間における魔術研究に使われていた施設だな。二年前に役目を終えて、無人のまま放棄されていた」

「無人なら、隕石にぶつかってもべつに問題ないだろ？」

古城が緊張感のない口調で指摘する。

しかし那月は不機嫌そうに首を振り、

「いや……本来ならニギハヤヒは、これから数年かけて徐々に解体される予定だったんだ。しかし流星の衝突で軌道が変わって、現在、地上へと降下を始めている。ニギハヤヒの質量は七十五トン。大気圏突入の際の高熱でも、燃え尽きることはないだろうな」

「燃え尽きない……って、やばいんじゃないか、それ？」

ようやく事態の深刻さに気づいて、古城が表情を硬くした。

うむ、と無表情にうなずく那月。

「バラバラになったニギハヤヒの破片は地上に降りそそぎ、世界中の都市に大きな被害をもたらすことが予想されている。もちろん日本も例外ではない。そこで貴様の出番というわけだ、暁(あかつき)古城」

「……は？」

いきなり名指しされて古城は困惑した。

世界中に降りそそぐ宇宙ステーションの破片を相手に、吸血鬼ごときの出番があるとは思えない。だが、戸惑う古城を見返して、那月はニヤリと唇を吊(つ)り上げ、

「成層圏に突入する前にニギハヤヒを爆破して、地表に到達できないサイズに粉砕する。貴様の眷獣(けんじゅう)の破壊力なら簡単だろう？」

「まさか……俺に爆破しろって言うのか？　落下してくる宇宙ステーションを……!?」

「安心しろ。成層圏まではあれで連れていってやる」

そう言って那月は、近くの砂浜を指さした。

そこでは見知らぬ技術者たちが、大きなクラゲのような物体を取り囲んで作業を続けている。

どうやら、その巨大クラゲの正体は気球らしい。妙に薄っぺらくて頼りない姿の気球である。気球の下部には、おそらく人間が乗りこむための気密コンテナが取りつけられている。

古城は唖然としながらそれを見つめて、

「連れてくって、ただの気球じゃねえかよ!?」

「高度五十キロメートルの成層圏界面まで上昇可能な、高高度気球だ。計算では今から九十五分後に、降下中のニギハヤヒと接触する予定になっている」

「まさか……俺たちを本土まで連れてきたのはこのためか!? 最初から俺に宇宙ステーションを爆破させるつもりで……?」

「人工島管理公社占術班の未来予知で、ニギハヤヒの落下が予想されていたからな。備えあれば憂い無しというやつだ」

半眼で睨みつける古城を平然と見返して、ふふん、と那月は笑ってみせた。

古城は今度こそ絶句する。那月は初めから宇宙ステーション撃墜のために、古城を利用するつもりだったのだ。流星群の観測というのは、ただの口実だ。

やけにいい旅館が手配されていたことも、報酬の代わりと考えれば腑に落ちる。

「あの、頑張ってください、先輩!」

同情するような表情を浮かべながらも、雪菜が懸命に古城を励ましてくる。

ところが那月は、そんな雪菜を冷ややかに眺めて、

「なにを他人事みたいに言っている、姫柊雪菜。貴様も暁古城に同行してもらうぞ」

「え？　わ、わたしですか？」

「秒速七千メートル以上で接近してくるニギハヤヒを、肉眼でとらえてから攻撃したのでは遅すぎるからな。未来視の能力を持つ貴様が、攻撃のタイミングを暁に指示してやれ」

「は、はい……!?」

雪菜が目を大きく見開いて固まった。

高い対魔族戦闘能力を持つ雪菜だが、もちろん成層圏往還の訓練など受けているはずもない。いかに獅子王機関の剣巫といえども、さすがに宇宙は守備範囲外なのだ。

しかし那月の言うとおり、雪菜の未来視によるサポートなしでは、ニギハヤヒの迎撃は不可能だった。それを理解しているのか、雪菜は悲壮な表情を浮かべてうなだれる。

「そろそろ出発の時間だな。与圧服を用意しておいてやったから二人とも着替えておけ。そうそう、成層圏下部の気温はマイナス七十度だからな。せいぜい風邪を引かないようにな」

膨らみ始めた高高度気球を一瞥して、事務的な口調で告げてくる那月。

古城は絶望の表情で夜空を振り仰ぎ、勘弁してくれ、と嘆息する。

†

「開イテ……パラシュート、開イテクダサイ……ダメ、激突シマス……地面ガ……地面ガ迫ッテ……！」

「恐ェ……自由落下恐ェ……」

雪菜と古城の虚ろな呟きが、夜明け前の海岸にぼそぼそと響いている。

ニギハヤヒの迎撃を終えた古城たちが再び地上に戻ってきたのは、明け方近くになってからのことだった。

もともと限界まで軽量に造られていた高高度気球は、ニギハヤヒ爆破の反動で呆気なく破裂。古城たちを乗せた気密コンテナは、高度五十キロメートルの上空から地表に向けて墜落した。

緊急用のパラシュートによって、どうにか着地には成功したものの、一時は死を覚悟した古城と雪菜である。自由落下の圧倒的な恐怖は、今も二人に深い心的外傷を残している。

「地面の上にいるって、いいですね……」

やがて正気を取り戻した雪菜が、力のない微笑みを浮かべて言う。

「だな……酸素マスクなしでも呼吸できるしな……」

ハハ、と乾いた声で笑って、古城も弱々しくうなずいた。

　二人は海辺の斜面に並んで座り、ぼんやりと海を眺めている。

　夜明け前の水平線が白く染まって、空は淡いグラデーションを描いていた。

　その空に時折、光が流れていく。

　破壊された宇宙ステーションの破片が、流星となって落下しているのだ。

「おっ……流れた」

「え、流れ星⁉　どこですか⁉」

　古城の何気ない呟きを聞きつけて、雪菜がハッと顔を上げる。しかし彼女が目を向けたときには、すでに流星の輝きは消えていた。

　一方の古城は別の方角に落ちる新たな流星を見つけて、

「あ、また」

「ず、ずるいです、先輩だけ！　ずるい……！」

　雪菜が拗(す)ねたように頬(ほお)を膨らます。なんでだよ、と古城は苦笑して、

「あんだけ大量に破片が散らばったんだし、そのうちもっとたくさん見えるだろ」

「あ！　見えた……見えました！」

　古城の言葉が終わる前に、雪菜が歓喜の声を上げた。

　彼女が見上げる夜明け前の空を、無数の光が横切っていく。古城が爆破したニギハヤヒの残(ざん)骸(がい)が、ちょうど衛星軌道を一周して、日本上空を通過しているのだろう。

流れ落ちる光を見つめたまま、雪菜はなにかを一心に祈っている。

そんな彼女の端整な横顔に、古城は目を奪われた。

「どうかしましたか？」

古城の視線に気づいた雪菜が、不思議そうに訊いてくる。

あ、ああ、と古城は曖昧に首を振り、

「いや、すごい真剣な顔で祈ってるな、と思って」

「え？　そ、そうですか？　先輩はなにか願い事をしなかったんですか？」

「願い事かあ……姫柊はなにを願ったんだ？」

「え、いえ……あの、それは……」

なぜか声を上擦らせながら、雪菜は頬を赤らめた。

「そ、そう！　先輩が、これ以上、ほかの女の子たちにいやらしい行為をしないようにって」

なんだそれは、と思わず顔をしかめる古城。

「流れ星への願い事なら、もっとほかになにかあるだろ!?　それじゃまるで俺が普段から、やらしいことばかりしてるみたいじゃねーかよ!?」

「え、自覚してなかったんですか？」

「おい!?」

「ふふっ……冗談です」

ふて腐れた表情の古城を見つめて、雪菜がクスクスと笑い出す。

そして雪菜は両手を合わせ、祈るような声で呟いた。

「いつかまた見られるといいですね。今度は本物の流れ星を、二人で一緒に——」

そうだな、と答えて、古城はもう一度空に視線を向ける。

降りそそぐ無数の流星が、美しい軌跡を残して暁の空に消えていく。

第四話
猫と剣巫
— Touch My Nose —

すぐ近くに暁古城の顔がある。

第四真祖。世界最強の吸血鬼。いつも気怠げな表情の彼が、かつてなく優しげなまなざしで、わたしのことを見つめている。

互いの吐息が触れ合うほどの至近距離だ。両手で力強く抱き上げられて、わたしの身体がふわりと浮く。彼の指先が触れる背中が、少しくすぐったくて心地好い。

彼が私の名前を呼ぶ。その唇がゆっくりと近づいてくる。

抵抗を諦めたわたしの全身から、力が抜ける。

そして二人が触れ合う柔らかな感触が——

「先……輩……?」

朝の白い光の中で、雪菜はゆっくりと目を開けた。

目に映るのは、少しよそよそしい印象の、家具の少ないマンションの一室。

ようやく見慣れてきた自分の部屋だ。

まだどこか夢の中にいるような、ぼんやりとした気分で息を吐く。

その直後にこみ上げてきたのは、猛烈な気恥ずかしさと後ろめたさだった。

夢を見たのだ。暁古城とキスをする夢を。

獅子王機関の監視役である自分が、監視対象の吸血鬼である彼と。

しかも夢の中とはいえ、それを嬉しく思っていたという自覚がある。

「ち……違うんです、先輩……わたしはそんなつもりじゃなくて……ああああああっ！」

様々な感情が胸の中で一斉に荒れ狂い、雪菜は言葉にならない奇声を上げた。シーツに顔を埋めながら、両脚をばたつかせて身悶えする。

ただの夢なら、まだよかった。逆夢だと言い訳することもできた。

しかし雪菜にはわかっていた。今のは予知夢。剣巫の霊視能力が見せた未来の映像だ。今からそれほど遠くない未来に、あの夢の内容は現実になる。

つまり自分が彼とキスをするということだ。彼が死にかけたときのドサクサの吸血行為などではなくて、しっかり互いを見つめ合った状態で。

「あー……うー……」

赤面した顔を枕で隠して、雪菜は弱々しい声を洩らした。

古城のことは嫌いではない。彼にキスされるのが死んでもイヤとまで言う気はない。しかし彼と自分は、そういう関係ではないのだ。順序とか心の準備とか、とにかく今はまだ違うのだ。

「――ったく、一人でベッドの上で悶えて、なにをやってるんだろうね、この子は」

「ふわっ⁉」

急に頭上から降ってきた声に、雪菜は驚愕して跳ね起きる。ベッドの上にすとんと腰を落として座っていたのは、猫だった。輝くような金色の瞳に、金緑石の首輪をつけた黒猫だ。

「し、師家様……？　どうしてここに？」

雪菜が呆然と訊き返す。この黒猫の正体は、雪菜の師匠である獅子王機関の攻魔師、縁堂縁の使い魔だ。恐ろしく優秀な魔術師である縁は、この使い魔の肉体を通じて、遠く離れた日本本土から雪菜に話しかけているのである。

「どうして、とはまたご挨拶だね。未熟な教え子の特訓のために、こんな朝っぱらからわざわざ出向いてやったってのに」

「そ、そうでした。すみません！」

雪菜は慌てて姿勢を正した。時刻は午前六時十五分。縁との約束の時間はとっくに過ぎている。あんな夢を見てしまったせいで、すっかり寝過ごしてしまったのだ。

獅子王機関の剣巫を名乗っている雪菜だが、正確な肩書きは、いまだ剣巫見習いのままである。古城の監視任務のため、育成課程の修了を待たずに絃神島に来たせいで、実はまだ習っていない呪術や戦技が多いのだ。

縁はそんな雪菜のために、時折、こうして稽古をつけてくれている。

今日はその早朝特訓の予定日なのだった。

「少しだけ待ってください。すぐに支度しますから」

「ああ、いいよ。今日はそのままで」

大急ぎで服を着替えようとした雪菜を、黒猫がのんびりと制止した。口調はぞんざいだが、腹を立てているわけではなさそうだ。

雪菜は困惑の表情で、黒猫の顔を見返した。

「でも、わたし、こんな恰好ですよ」

「寝間着のままでいいのさ。その身体は使わない。今日の稽古で使うのは、こっちだよ」

黒猫はそう言って自分の背後に目を向けた。

ベランダに面した窓の隙間から、音もなく部屋に入ってきたのは、雪のように真っ白な毛並みの子猫だった。

「稽古で使う……って、猫ですよね？」

「猫だよ。それとも蛙や蝙蝠のほうがよかったかい？」

不安げな声で尋ねる雪菜に、黒猫が平然と答えてくる。

そこで雪菜も、師匠の思惑を理解した。

「もしかして、使い魔を操る訓練ですか？」

「監視任務の役に立ちそうだろ？」

「ええ、まあ」と雪菜はうなずいた。

同じ遠隔操作系の呪術でも、生身の動物を使役する技は、あらかじめプログラムされた行動しかとれない式神などに比べて自由度が高く、そのぶん制御が難しい。正直どちらも、雪菜の苦手なタイプの呪術だった。

しかし縁の言うとおり、使い魔がいれば、古城の監視が楽になるのは間違いないだろう。

「肉体を二つ同時に操るのは、さすがにまだ無理だろうからね。本体はそこに寝かせておいて、今日はその子猫の身体を使ってみな」

「は、はい」

雪菜はベッドに横たわって目を閉じた。

実際に動物を使役するのは初めてだが、呪術の手順はわかっている。

縁が用意してくれた白猫は、すでに使い魔としての初期設定が済んでおり、あとは雪菜が自分の意識を彼女と接続するだけだった。

〝これが……使い魔……！〟

精神がシンクロしたと感じた瞬間、雪菜の五感が子猫のものと入れ替わる。

遠隔操作というよりは、子猫に憑依したという感覚に近い。

耳や尻尾を含めた子猫の身体を、ほぼ思いどおりに動かせる。むしろ人間側の肉体の制御に、違和感を覚えるほどだった。

まるで子猫の身体のほうが、自分の本当の姿であるような錯覚すら感じてしまう。

「どうやら同期は上手くいったようだね」

白猫と化した雪菜に、黒猫が言った。

「はい」と答えたつもりの雪菜だが、口から出たのは、にゃ、という猫の鳴き声だけだった。

黒猫が、やれやれ、というふうに首を振る。

「さすがに人間の言葉をしゃべらせるのは、まだ無理があるみたいだね。まあいいさ。とりあえず今日のところは術に慣れるのが目的だ。しばらくその身体でうろついてみるんだね」

〝はあ……〟

「あたしはちょいと休ませてもらうよ。慣れない早起きで眠くてね」

〝あの……師家様？　使い魔との同期を、解除するのはどうすれば……？〟

　ふと思い出したように雪菜が質問するが、そのときにはもう黒猫は、丸くなって寝息を立て始めていた。雪菜は途方に暮れたように溜息をついて、すぐに気を取り直す。

　幸い雪菜たちの登校時間までは、まだ余裕があった。使い魔の制御に慣れるためにも、なるべく長い時間、子猫の身体で行動してみるべきだろう。

　もっとも子猫の姿になったからと言って、やることはなにも変わらない。雪菜の任務は第四真祖の監視だ。使い魔の身体を手に入れた雪菜が、行くべき場所は最初から決まっていた。

　開けっ放しだった窓の隙間をするりと抜けて、白い子猫は隣家のベランダへと向かう。


　誰かにじっと見られているような気がして、暁古城は目を覚ました。

　憎しみや悪意のこもった視線ではなかった。ペットの寝顔を愛でる飼い主のような、あるいは我が子を見守る母親のような、そんな柔らかな印象を受ける。

　窓の外に目を向けても、当然そこに人影はなかった。

それでも覗(のぞ)き見られているような感覚は消えない。いつも身近に感じている、誰かの視線によく似た気配だ。

「なんだ……？」

古城(こじょう)はまだ少し寝ぼけた頭を振りながら、その視線の正体を思い出そうとした。

その直後、ふにゃあ、という子猫の悲鳴が窓の外から聞こえてきた。続けてなにかが暴れる気配。そしてバタバタという乱暴な足音が、隣のリビングから伝わってくる。

ノックもなしに古城の部屋のドアを開け、飛びこんできたのは妹の凪沙(なぎさ)だ。

「こ、古城君！　猫だよ、猫！」

「は……？」

「ほら、子猫！　この部屋の窓の外にいたんだよ！」

制服の上にエプロンを着けた凪沙が、そう言って両手を高々と掲(かか)げた。

その手の中に抱かれていたのは、真っ白な毛並みの子猫だった。ベランダで洗濯物を干している最中に、迷いこんできた子猫と遭遇したらしい。どうにか逃げようとして暴れる子猫だが、凪沙はしっかりと抱きしめて逃がさない。

「窓の外……って、ここマンションの七階だぞ？」

どうやって登ってきたんだ、と古城は訝(いぶか)るように首を傾(かし)げた。とはいえ、古城を悩ませていた視線の正体はこれでわかった。古城の部屋を覗いていたのは、この純白の子猫だったのだ。

「うーん、どこからか登ってきて、降りられなくなっちゃったのかなあ……あ、もしかしたらマンションの誰かの飼い猫なのかも」

「あー……それはあるかもな。毛並みも綺麗だし、首輪もつけてるし」

もっともらしい妹の推理に、古城は納得してうなずいた。このマンションはペットの飼育を禁止しているが、隠れて猫を飼っている住人がいても不思議ではない。

「ということは、飼い主が見つかるまで、この子をうちで預かっててもいいよね。迷い猫を捕まえただけだら、仕方ないもんね。飼育じゃなくて、保護してるだけだから」

凪沙が猫を抱きしめて嬉しそうに笑う。マンション暮らしということで仕方なく我慢してはいるものの、基本的に彼女は動物好きなのだ。

一方の白猫は、どこか困ったような表情で、そんな凪沙を見上げていた。心なしか、古城に助けを求めているようにも見える。

悪いが諦めてくれ、と古城は肩をすくめる。喜んでいる妹をがっかりさせるのは忍びないし、それに古城も猫は嫌いではないのだ。

「この子、なんて名前なんだろ？　首輪にも書かれてないんだよね」

凪沙が、白猫の肉球を触りながら独りごちた。古城は小さく肩をすくめて、

「とりあえず好きなように呼んどけばいいだろ。一時的に保護してるだけなんだし」

「そっか。うーん、そういえば、この子ってなんとなく、雪菜ちゃんに似てる気がしない？」

「姫柊に？」

そうかな、と子猫の顔を覗きこむ古城。子猫がビクッと怯えたように身体を震わせる。

「ほら、ちっちゃくて可愛いし、顔とかちょー綺麗だし、目力くっきりだし、お行儀よくて賢くて真面目そうで可愛いし」

凪沙に褒め称えられた子猫が、なぜか照れたように、うにゃあ、と顔を伏せる。

古城はそんな子猫を眺めて、

「言われてみれば姫柊っぽいかもなあ。なんか世間知らずっぽいし、思いこみも激しそうだし、危なっかしくて世話が焼けそうだし――」

にゃにゃあ!?　――と子猫が抗議の声を上げた。まったく予想外の古城の評価に納得いかない、と言いたげな反応だ。

しかし凪沙も、うんうん、と古城の意見にうなずいて、

「じゃあ、この子の名前はユキナってことで」

「まあいいか。この際、それで」

古城はあっさりと賛同した。子猫が、うにゃあ、と情けない声を出す。

「けど、子猫の世話をするなら、いろいろ揃えとかないとまずいよな。ケージとか、食器とか、トイレ用の砂とか、爪研ぎとか」

「うーん……あ、そうだ。夏音ちゃんにお願いしたら、貸してもらえるかも」

「叶瀬か。そういや、あいつ、捨て猫の世話とか里親探しをよくやってるもんな」

「うん。今から電話して頼んでみるね。ユキナのこと、ちょっと見てて」

そう言って古城に子猫を手渡すと、凪沙は慌ただしく部屋を出て行った。

古城の膝の上に置かれた子猫は、なぜか緊張したように動きを止めている。

そんな子猫の背中に古城は手を当て、毛の流れにそって優しく撫でた。

特に尻尾の付け根あたりを重点的に刺激する。よく手入れされた真っ白な毛並みはもふもふで、思っていた以上に心地好い。最初は硬直していた子猫も、やがて快感に押し流されるように緊張を緩めた。それに乗じて、古城は子猫の顎をくすぐってやる。

「よしよし、いい子だ、ユキナ。気持ちいいか、ユキナ。大丈夫、優しくしてやるからな」

古城が名前を呼ぶたびに、子猫がビクビクと反応する。

懸命に身をよじって逃げようとする子猫だが、手脚に力が入らないのか、その抵抗は弱々しい。動けなくなったユキナを仰向けにして、その全身を撫でさする古城。

「ふふふ、ここか、ユキナ？　ここが気持ちいいのか？」

おなかや脇、肉球などの敏感な場所を揉みしだかれて、子猫が切なげな声を洩らす。古城はそれからさらにひとしきりユキナの全身を触りまくって、相手がぐったりと脱力したところで、ようやく満足したように手を止めた。そして子猫の小さな身体を、両手で優しく抱き上げる。

涙で潤んだ子猫の瞳が、不安そうに古城を見つめてきた。

古城は優しく目を細めて、そんな子猫を見返した。そしてゆっくりと顔を近づける。

「おまえは可愛いな、ユキナ」

びっくりしたように目を丸くした子猫に、古城はそっと鼻先を押しつけた。触れ合った肌に、柔らかな感触が伝わってくる。

「あー、古城君、ずるい！　ユキナになにやってんの⁉」

電話を終えて戻ってきた凪沙が、子猫とじゃれ合う古城を見て不満の声を上げた。

「鼻キス」古城は平然と答える。「猫の世界じゃ、鼻と鼻をくっつけるのが挨拶らしいぞ」

「あたしがユキナを連れてきたのに、勝手に先に仲良くなっちゃって！」

もう、と凪沙が拗ねたように唇を尖らせる。べつにいいだろ、と古城は言いかけて、ふとなにか気づいたように眉を上げた。

「そういやユキナって呼んでるけど、こいつの性別、まだ確かめてなかったよな」

「あ……」そっか、と凪沙が真顔で呟く。「ユキナじゃなくて、ユキ太かもしれないんだ」

ギョッと怯えたように固まった子猫が、にゃにゃっ、と必死で首を振る。

「べつにそこまでユキナって名前にこだわらなくても……」

古城はそう言いながら、嫌がる子猫をひょいと持ち上げた。抵抗して丸まろうとする子猫の身体を無理やり引き伸ばして、後ろ脚の付け根をのぞきこみ、

「お、大丈夫。こいつ、メスだ――」

『ふにゃにゃああああああああっ――！』

古城の言葉が終わる前に、ユキナが絶叫した。長い爪を剝き出しにして、接近していた古城の顔面を情け容赦なく深々と抉る。ぐおおっ、と悲鳴を上げてのけぞる古城。

「あっ、ユキナ――待って！」

力の抜けた古城の手を強引に振りほどき、子猫は脱兎のごとく駆け出した。

凪沙の両脚の隙間をすり抜け、そのまま網戸をぶち破ってベランダに脱出。ベランダの仕切り板をくぐり抜け、あっという間に見えなくなってしまう。

「痛ててててて……ユキナのやつ、なんだったんだ、急に……」

血まみれになった顔をぬぐって、古城は弱々しく呟いた。あんなに懐いてくれていた子猫が、どうしていきなり怒り出したのかよくわからない。

「古城君だけずるいー。あたしも鼻キスとかしたかったのにー」

凪沙が恨みがましい目つきで古城を睨んでくる。

古城は、破れた網戸と妹の膨れっ面を見比べて、勘弁してくれ、と頼りなく嘆息した。

登校の準備を終えた古城が自宅を出たのは、それから一時間ほど後のことだった。

玄関のドアを開けると、その前に姫柊雪菜が立っていた。

古城の監視役を自称する彼女が、玄関前で古城を待っているのはいつものことだ。彼女が着ている彩海学園中等部の制服も、槍を収めたギターケースを背負っているのも、いつもと同じ。しかし雪菜の雰囲気は、いつもの彼女とは違っていた。

頬が赤く上気しているし、目つきも恐い。

怒っているというよりも、恥じらいと諦めと開き直りが入り混じった複雑な表情だ。絆創膏まみれの古城を見てもなにも言わず、彼女は冷ややかに目を細めただけだった。

「……姫柊？　なんか顔が赤いぞ。大丈夫か？」

古城が雪菜を気遣って尋ねた。しかし雪菜は、なぜかジトッとした半眼で古城を睨み、

「誰のせいだと思ってるんですか？」

「え？」

「いえ、いいです。先輩がいやらしい吸血鬼だというのは、最初からわかっていたことですし」

「ちょっと待て、なんの話だよ⁉」

俺がいったいなにをした――と混乱しながら、古城が訊く。

伸ばした古城の手が彼女の肩に触れ、その瞬間、雪菜がビクッと身を硬くした。しかし本気で嫌がっているという感じではなく、恥ずかしくて素直になれないという雰囲気だ。

警戒したように制服のスカートの裾を押さえて、雪菜は上目遣いに古城を見た。そして、ほとんど聞き取れないくらいの小声で言う。

「……責任、取ってくださいね、先輩」

「は？　責任って、おい、姫柊？」

「ふふっ、なんでもありません。冗談です」

あかんべえ、と舌を出して、雪菜は晴れやかに微笑んだ。気まぐれな猫のようにクルクルと表情を変える彼女に、古城はただただ困惑するだけだ。

まだ少しぎこちない距離感を保ったまま、古城と雪菜はいつものように並んで歩き出す。

マンションの非常階段に座った二匹の猫が、そんな古城たちの後ろ姿を、やれやれ、と言いたげな表情で眺めていた。

第五話
第四真祖の
いちばん長い朝

早朝。家具のない殺風景なリビングで、姫柊雪菜は一匹の黒猫と向かい合って座っていた。

「時間停止装置……ですか？」

懐中時計によく似た銀色の機械を手に取って、雪菜は小さく眉を寄せる。

雪菜の師匠である縁堂縁が、京都にある獅子王機関の本部から運んできたものだ。開発されたばかりの試作兵器らしい。

「魔術による擬似的な時間停止だよ。対象を時間の流れが異なる空間に隔離するだけさ。本当に時間を止めてしまったら、地球の自転からも取り残されて空の彼方に吹っ飛んでいってしまうからね」

使い魔である黒猫の姿で、縁が言う。雪菜は曖昧にうなずいて、

「なるほど……でも、どうしてこれをわたしに？」

「もちろん第四真祖対策だよ。おまえさんの七式突撃降魔機槍は、吸血鬼の真祖すら滅ぼす獅子王機関の秘奥兵器だけどね。だからといって、第四真祖とまともに戦うのは危険すぎるだろ？」

「はい」

「だけど、この装置なら、安全確実に第四真祖の坊やを封印できるはずさ。擬似時間停止術式は第四真祖自身の無尽蔵の魔力で駆動するから、魔力切れで封印が解ける心配もない」

「……先輩の時間は永遠に止まったまま、ということですか？」

雪菜が硬い口調で訊いた。

滅ぼすのではなく、時間を止めたまま封印する。たしかにそれなら世界最強の吸血鬼を、戦うことなく無力化できる可能性は高い。ひどく残酷な手段ではあるが。

「厄介なのは、この装置を使うには、封印対象である第四真祖自身に起動スイッチを押させなければならないってことでね」

「それは……さすがに難しいですね」

雪菜は真面目に考えこむ。

第四真祖を封印するということは、暁古城の監視役である雪菜が、彼を制御できないと判断した、ということだ。そんな状況で、古城が命令に従ってくれるとは思えない。

「要はまだ実用段階じゃないってことさね。まあ、実際に使う必要はないさ。お守りだと思って持っておくんだね」

黒猫があっさりとそう言った。

わかりました、と雪菜はうなずいた。

「――って、師家様とも話していたのに……」

困惑に目元を覆いながら、雪菜が呆れたように深々と嘆息した。

彩海学園最寄りのモノレール駅のホームだ。駅舎の中は通学途中の生徒たちでごった返している。

雪菜の隣にいる古城の手には、懐中時計によく似た銀色の機械が握られていた。

雪菜はそんな古城を涙目で睨んで、

「どうして、スイッチを押しちゃうんですか⁉」

「いや、押すだろ⁉ だってこれ、ただのストップウォッチにしか見えねーし……！ 退屈してるときにストップウォッチが目の前にあったらスイッチを押すだろ⁉ 絶対みんなそうするだろ⁉」

古城は懸命に言い訳を続ける。

雪菜の通学バッグからこぼれ落ちそうになっていた銀色の装置をキャッチして、つい勢いでスイッチを押してしまったのだ。それが恐ろしい状況を招くとは、さすがに想像もしなかった。

「いえ……そうですね。たしかに、すぐに目につくような場所に、こんな危険な装置を入れておいたわたしにも責任がありました」

通学バッグのポケットを眺めて、雪菜ががっくりと項垂れる。

諦めの混じった彼女の声が、やけに大きく響いた気がした。混雑しているはずの駅のホームが、異様な静けさに包まれているせいだ。

視界に映る人々は、皆、凍りついたように固まって動かない。

風になびく髪も、空を舞う鳥たちも、そのままの状態で止まっている。

乗客を降ろしたモノレールの車輛も、発進直後の状態で静止していた。古城たちの周囲の時間そのものが止まっているのだ。

「しかし、すげえな。時間停止装置なんか本当にあるんだな……」

銀色の装置を握りしめたまま、古城が感心したように息を吐く。

「そうですね……でも、師家様の説明では、装置を起動した先輩の時間だけが止まるはずだったんですけど……」

「え……？　そうなのか？」

「はい。これはもともと第四真祖を封印するための装置ですから」

「……なんか聞き捨てならない言葉を聞いた気がしたんだが……」

雪菜の不穏な発言に、古城は思わず顔をしかめた。彼女が自分の監視者だという事実を、今さらのように思い出す。

「どうやら、なんらかの理由で誤作動が起きたようですね。先輩の時間が止まるのではなくて、先輩以外の全世界が静止してしまったみたいです。時間停止装置が起動したときに、たまたま装置に触れていたわたしと先輩だけが無事だったのではないかと……」

「ずいぶん規模のでかい誤作動だな。まるっきり正反対の効果になっちまってるじゃねーか」

「第四真祖クラスの膨大な魔力がないと動かせない試作機だそうですし、おそらく十分なテストも行われてなかったのではないかと」

「俺の魔力で動いてるのかよ……⁉　まあいいけど……！」

雪菜の説明を聞き終えて、古城はうんざりと首を振る。

「それで、どうやれば、この時間停止状態は解除できるんだ？」

「普通に解除スイッチを押せば、解除されるはずですよ？」

「解除スイッチってこれだろ？　さっきから押してるんだけどな」

「……え？」

スイッチを連打する古城を眺めて、雪菜が表情を凍らせた。

「もしかしてこの時間停止装置の時間そのものも止まってしまって、永遠に解除できないなんてオチはないよな……まさかな？」

冗談めかした古城の問いかけに、雪菜は青ざめた顔で黙りこむ。

そして彼女はふと思い立ったように、ホームの端にあるジュースの自動販売機に近づいた。

ひとしきり様々な操作をするが、自動販売機は反応しない。

「どうやら、スイッチそのものを物理的に動かすことはできても、電子回路の内部には干渉できないようですね……」

「俺たちが直接動かせる機械しか動かない、ってことか……じゃあ、この時間停止装置をぶっ壊したらどうなるんだ？」

「わかりません。上手くいけば時間停止状態が解除されますけど、そうでなければ永遠にこのままか、最悪、時間の裂け目に落ちて、どことも知れない時空に飛ばされる可能性も……」

「……迂闊に試さないほうがよさそうだな」

古城は銀色の懐中時計を、慌てて制服のポケットにしまった。

「しかし時間停止か……たまに時間が止まってくれたらと思うこともあったけど、実際にそうなってみると不思議な気分だな」

古城は、静まりかえった駅のホームをあらためて見回した。

乗降客の大半は、彩海学園の生徒たちである。ざっと数えただけでも、五、六十人はいるだろう。古城が見知っている顔も多い。

しかし彼らは彫像のように動きを止めている。

大きなあくびを洩らしながら、憂鬱そうに溜息をつきながら、あるいは友人たちと談笑しながら——そのままの表情で静止している。中には階段を駆け下りている途中で、空中に浮いたままの男子生徒や、強い風でスカートがめくれ上がりそうになっている女子生徒も——

「って、浅葱じゃねーか。あいつも同じ車輌に乗ってたのか」

「……先輩、どこを見てるんですか？」

藍羽浅葱のスカートに目を留めた古城に目ざとく気づいて、雪菜が半眼になって訊いてきた。

古城は慌てて目を逸らしながら、

「見たんじゃなくて、見えたんだよ！　不可抗力だろ！」

「いいですから、あっちを向いててください！」

雪菜が慌てて浅葱に駆け寄り、乱れたスカートを直していく。

まるで精巧なフィギュアのように、めくれ上がった状態で固まっていた浅葱の制服は、雪菜が手を触れるとあっさりと形を変えた。

古城はそれを少し意外に思って、

「ふーん……時間が止まってるっていうから、凍ったみたいにカチコチになってるのかと思ったら、普通に柔らかいままなんだな」

「なっ……!? ど、どこを触ってるんですか!?」

「え？ 浅葱の腕だけど、なにかまずかったか？」

「まずいっていうか、そんな……なんのためらいもなく……！」

制服の袖からのぞく浅葱の二の腕をつまむ古城を、雪菜が唖然としたように見つめてくる。

古城はそんな雪菜の視線に気づかず、

「弾力もあるし、体温も感じるな。俺が触れている部分だけ、一時的に時間の流れが戻ってるのか……？」

「先輩、触りすぎです！ いくら藍羽先輩が動けないからって！」

「触りすぎって……腕だぞ？ 時間が止まってる状態がどうなってるのか、興味あるだろ？」

「それでも駄目です！ どうしてもというのなら、わたしが藍羽先輩に触って、その感想を伝えますから……！」

「いや、もう用は済んだから、姫柊の感想はどうでもいいよ……ていうか、浅葱のやつ、駅構内の歩きスマホは危ないだろ。今のうちにバッグにしまっといてやるか」

古城は、静止状態の浅葱の手から、彼女のスマホを取り上げようと手を伸ばす。その瞬間——

「あれ……？」

「っ⁉　駄目です、先輩——！」

表示されているスマホの画面に気づいた雪菜が、慌てて古城の横からスマホをひったくった。

「女子のスマホを勝手にのぞくなんて駄目です！　プライバシーの侵害です！」

「いや、でも、浅葱のスマホの待ち受け画面に俺の写真が……」

「気、の、せ、い、で、す——！　とにかく藍羽先輩のスマホは、わたしがちゃんとバッグに入れておきますから！」

「あ、ああ……」

雪菜の謎の迫力に押されて、古城は小刻みにうなずいた。

手持ち無沙汰になった古城は、時間経過を確かめようと駅構内の時計を見上げて、その時計も止まっていたことを思い出す。

時間停止装置が発動して、体感ではすでに一時間近くが経過していた。だが、それを客観的に証明する手段はない。この静止状態がいつまで続くのか、漠然と不安な気持ちになってくる。

「しかし、あれだな。時間を止めることができても、意外にヒマなだけだな……スマホもゲーム機も使えないし」

不安をまぎらわすように、古城はなるべく明るく言った。

「図書館で本でも読みますか？　それともテスト勉強でもします？　もうすぐ期末試験ですし」

雪菜がいつもの真面目な口調で答えてくる。

「勘弁してくれ……ていうか、そうか……今から職員室に行けば、テストの問題用紙が見放題なんじゃ……」

「先輩……！」

「冗談だ、冗談。そもそもこの時間停止状態をなんとかしないと、期末試験も受けられないしな」

「そうですね……たしかに」

雪菜が声を沈ませる。やはり彼女も不安を覚えているのだ。

「まあ、時間だけはたっぷりあるし、焦る必要はないよな。とりあえず飲み物でも……って、そうか。自販機は使えないんだっけか」

「近くのコンビニかスーパーで買いますか？　お金をレジに置いておくような形になると思いますけど」

「まあ、それしかないか。蛇口を捻っても水も出ないんだもんな」

そう言って古城は不意に沈黙した。自分がなにか重要なことを見落としているような気がしたのだ。

静止したままの利用客の間を縫うようにして、古城たちは駅舎へと移動する。混雑した建物の中に入ってしまうと、世界の静けさが余計に強く感じられた。

「静かだな……」

「今、この世界で動いているのは、わたしと先輩だけですから」

思わず呟きを洩らした古城に、雪菜が苦笑しながら告げてくる。

「ありがとな、姫柊」

「え？」

「一人きりで時の止まった世界に閉じこめられたら、さすがに静かすぎて気が滅入ってただろうからな。姫柊がいてくれてよかった」

「いえ、元はといえばわたしが変な装置を持っていたせいですし」

古城の素直な感想を聞いて、雪菜が照れたように目を伏せた。

「それにわたしも……第四真祖の監視役として、先輩を一人きりにするわけにはいかないというか……その……もしこの世界から抜け出せなくても最後までずっと一緒にいますから……」

「……あ！」

ぼそぼそと続く雪菜の告白を遮って、古城が唐突に顔を上げた。

「そういえば、さっきからちょっと気になってたんだが……」

「はい」

「トイレってどうすればいいんだろうな？」

「……はい？」

「ほら、水道から水が出ないってことは、トイレの水も流せないってことだろ？　排泄物の処理はどうすればいいのかな、と思って」

「…………先輩、さっきの言葉は取り消します」

「え？」

　やけに真剣味を帯びた雪菜の反応に、古城は少し戸惑った。

「抜け出しましょう、今すぐ！　この時の止まった世界から！」

「いや、抜け出すって、どうやって？」

「時間停止装置を破壊します！」

「ちょ……ちょっと待て！　こいつを下手に壊したら、最悪、どことも知れない時空に飛ばされるとか言ってなかったか……!?」

　銀色の装置を握りしめて、古城はじりじりと後ずさる。

　しかし雪菜は殺気のこもった眼差しを装置に向けて、

「多少のリスクはやむを得ません。時間を止めたままにしていたら、世界にどんな影響が出るかわかりませんし。これは緊急事態です」

「……姫柊、もしかしてトイレに行きたいだけなんじゃ……」

「違います！　わたしは獅子王機関の剣巫として、時間停止装置の不具合の責任を取らなければと……！」

「だから少し落ち着けって！　だいたいこいつを破壊するって、どうやって……？　時間停止状態の物体って壊せるのか？」

「こうします！」

雪菜は背中のギグケースから、銀色の槍を引き抜いた。伸縮式の柄を手動でスライドさせて、尖った穂先を古城に突きつける。

「力ずくかよ⁉　待てって、もしそれで装置が暴走したら――」

「――問答無用です！　〝雪霞狼〟！」

装置を握る古城を目がけて、雪菜が槍を突き出してくる。

眩い神格振動波の輝きを浴びて、古城はたまらず悲鳴を上げた。


「……まさか、そんなことになっていたとはね」

翌朝、再び雪菜の部屋を訪れた縁は、事の顛末を聞いて少し驚いたようにそう言った。

結局、古城が持っていた時間停止装置は、雪菜が槍を構えた直後に時間停止状態を解除して機能を停止した。〝雪霞狼〟の魔力無効化能力によって、古城からの魔力供給が絶たれたことで、時間停止術式を維持できなくなったのだ。

最初から槍を使っていれば、もっと早く時間停止状態から脱出できたのだが、それに気づかなかったのは雪菜の痛恨のミスであった。

「わかった。獅子王機関の開発部には、時間停止装置は役に立たないから廃棄したと伝えておくよ。苦労をかけたね。ところで……」

「はい」

「時間が止まっている間、なにかいいことはあったかい？」

「え、いいえ。特になにも――」

黒猫にニヤニヤと問いかけられて、雪菜は慌てて首を振った。

時間が静止した世界の中で、古城が何気なく口にした言葉が甦る。

姫柊がいてくれてよかった――

「ふうん」

頬を赤らめている雪菜を眺めて、黒猫が愉快そうに息を吐いた。

銀色の懐中時計の針は、今もその記憶の時刻のまま止まっている。

第六話
失われた呪符

天窓から降り注ぐ南国の陽射しが、立ちこめる湯気を白く照らしていた。

その湯気を透かして少女の裸身が見える。

しなやかな体つきの小柄な少女だ。ボディーソープの泡に包まれた彼女の背中を眺めて、羽波唯里はうっとりと溜息をつく。

「はあ……雪菜ってば、やっぱり可愛いよね」

しみじみとした唯里の呟きが、ジャグジーの泡音に混じって、思いのほか大きく反響した。

広々とした湯船。壁に描かれた富士山の背景画。絃神島に一軒だけ残る、昔ながらの銭湯である。

絃神島全土を巻きこんだ『タルタロスの薔薇』の騒動の翌日。獅子王機関の支部で報告を終えた唯里たちは、戦いの疲れを癒やすために皆で銭湯に立ち寄ったのだ。

事件の影響で絃神島は今もあちこち断水しており、姫柊雪菜のマンションもまだ水道が使えない。久々のお風呂ということで、念入りに身体を洗っている雪菜の背中はどこか愉しげだ。

「姫柊か……たしかにあの子は綺麗だけど、綺麗すぎてちょっと近寄りがたくないか？　私は唯里のほうが男子にはもてると思う」

真剣な口調で答えてきたのは、唯里の隣でジャグジーに浸かっていた斐川志緒だった。

唯里は唖然としたように目を瞬いて、

「わ、わたし？　いやいや、ないない。わたしなんかが雪菜に張り合おうなんて、そんなのおこがましいですよ」

「そんなことはないだろ。唯里は可愛いし、隠れ巨乳だし」

「隠れ……って、そんな言うほどでもないからね！」

無意識に胸元を隠しながら、唯里は湯船の中に身体を沈める。

志緒は、まだなにか言いたそうにしていたが、ふと顔を上げて警戒したように周囲を見回した。

「ところで、煌坂のやつはどこに行ったんだ？　こういう話をしていたら、喜んで喰いついてくると思ったんだけど……」

「煌坂さん？　そういえばさっきから姿が見えないね」

唯里は妙な胸騒ぎを覚えて志緒と顔を見合わせた。

煌坂紗矢華が、元ルームメイトの雪菜のことを溺愛しているのは周知の事実だ。その雪菜と一緒に入浴できる機会を、紗矢華が見逃すとは思えない。

ここぞとばかりにまとわりついて雪菜にウザがられるか、雪菜の裸を凝視して気持ち悪がられるか――それが本来あるべき姿のはずだ。

なのに、浴場内に紗矢華の姿は見当たらない。

なにか尋常ならざる問題が起きているのではないかと、唯里たちが不安になるには十分な異変だった。

唯里と志緒はうなずき合って、どちらからともなく湯船を出た。

身体を拭くのもそこそこに、バスタオルを巻いて浴室を抜け出す。

しかし、紗矢華を探す必要はなかった。脱衣所に足を踏み入れた途端に、彼女の姿が視界に飛びこんでくる。

正確に言えば、見えたのは彼女の臀部。形良く丸みを帯びた彼女の尻だけだ。紗矢華はほとんど素っ裸のまま、脱衣所の床に這いつくばっていたのである。

「な……ない……！」

弱々しい声でうめきながら、紗矢華は忙しなく視線を彷徨わせている。どうやら彼女は、なにかを大事なものを探しているらしい。

「どうして？　どこに行っちゃったの……あれがないと、私……」

焦りに肩を震わせながら、紗矢華は脱衣所のベンチの下を覗きこむ。

そんな彼女の背中に、志緒は怖ず怖ずと手を伸ばし、

「き、煌坂？」

「ひゃっ!?」

突然、志緒に呼びかけられた紗矢華が、弾かれたように顔を上げた。

彼女が浮かべていたのは、怯えた子どものような表情だ。

「そんな恰好で、いったいなにをやってるんだ？」

「ていうか、服、着よう。せめてタオル……！　ほかのお客さんたちも見てるから……！」

唯里が、ロッカーからバスタオルを取り出して紗矢華に押しつける。紗矢華はよほど焦っていたのか、自分のロッカーの扉すら開けっぱなしだったのだ。

「ホルダー……を……」

手渡されたバスタオルをのろのろと身体に巻きつけて、紗矢華はぼそりと口を開いた。

「私のホルダーを見なかった？」

「……ホルダー？　呪符ホルダーのことか？」

「って、呪術用の霊符を入れておくやつ？」

志緒と唯里が同時に訊き返す。

紗矢華は力無くうなずいて、

「うん……荷物の中に入れてあったはずなんだけど、いくら探しても見つからなくて……」

「事情はわかったが、さすがにそんな場所にはないと思うぞ」

脱衣所の体重計をひっくり返そうとする紗矢華を見て、志緒は途方に暮れたような表情を浮かべた。紗矢華とはつき合いの長い唯里たちだが、ここまで落ちこんでいる彼女を見るのは初めてだ。

「呪符ホルダーって、そんなに大事なものなの？」

唯里が小声で志緒に訊いた。

紗矢華や志緒は、多彩な呪術を駆使して戦う舞威姫だ。呪術の触媒となる呪符を大量に持ち歩くため、彼女たちは専用のホルダーを使っているらしい。

近接戦闘が主体の剣巫である唯里にはよくわからないが、紗矢華の焦り具合からして、相当重要な代物なのかもしれない、と思う。

しかし志緒はあっさりと首を振り、

「そうでもない。大きな文房具屋に行けばたいてい置いてある。最近は百円ショップで売ってたりするし」

「それは呪符ホルダーというより、ただの書類入れなのでは……」

「重要なのはホルダーよりも、中に入っている呪符のほうなんだ。だけど攻撃用の危険な呪符なんてもう残ってないだろ？　タルタロス・ラプスとの戦闘で使い切ったんじゃないのか？」

志緒が紗矢華に向き直って尋ねる。

紗矢華は小さくうなずいて、

「攻撃用の呪符は残ってない……んだけど……」

「ほかになにか貴重なものが入ってたのか？」

志緒に問い詰められた紗矢華が、困ったように目を逸らす。

叱られた子どものようなその反応に唯里と志緒は眉をひそめて、

「……煌坂さん？」

「おい、煌坂？」

「ほ……ほかの人に絶対言わない？」

「え？」

「そんなヤバい呪符なのか？」

やけに深刻な紗矢華の口振りに、唯里たちの表情が強張った。

紗矢華は意を決したように小さくうなずいて、

「その……一度だけ……他人に命令できるというか、強制的に言うことを聞かせられる権利というか契約というか……」

「催眠系の呪術……？　いや、精神拘束や呪いの類いか⁉」

「獅子王機関の舞威媛って、そんな危険な呪術も使えるの……⁉」

唯里が声を潜めて志緒に訊く。

志緒は硬い表情のままうなずいて、

「ああ、うん……舞威媛は呪詛と暗殺の専門家だから。私もいちおう基礎理論だけは習ってる。実際に呪符を作れる術者はそうはいないはずだけど……でも、煌坂の師匠なら……」

「……相手に言うことを聞かせられるって、誰にでも？」

「それは……その……命令できるのは雪菜にだけ……」

唯里にじっと見つめられて、紗矢華が観念したように言った。

「姫柊に……？　そうか……そういうことか……」

「雪菜、第四真祖の監視役だもんね。七式突撃降魔機槍も持ってるし……」

なるほど、と唯里たちは納得する。

雪菜に与えられた〝雪霞狼〟という槍は、ありとあらゆる結界を切り裂いて魔力を無効化するという、獅子王機関の秘奥兵器だ。それを持つ雪菜が、獅子王機関を裏切ったら、第四真祖を止められる者はいなくなる。

そのような不測の事態を防ぐために、紗矢華には、雪菜を操る危険な呪符が与えられたのだろう。もちろん、雪菜にそのことは知らされていないはずだ。

「……って、煌坂、そんな大事なものをなくしたのか⁉　誰か悪意のある人間がそれを拾って使ったら、姫柊がどうなるか……」

事態の深刻さに気づいた志緒が、血相を変えて紗矢華に詰め寄った。

紗矢華は目を潤ませて唇を噛み、唯里は見かねたように志緒を制止する。

「ちょ……志緒ちゃん、ストップ！　ストップ！　煌坂さん、本気でへこんでるから……！」

「い、いや、しかし……！」

志緒がなおも紗矢華を問い詰めようとしたとき、背後で浴室の扉がからからと開く音がした。

入浴を終えた雪菜が戻ってきたのだ。

「あの……わたしがどうかしましたか？」

先ほどまでの会話が漏れ聞こえていたのか、雪菜は訝しげな表情で志緒に訊く。

志緒はぶるぶると小刻みに首を振り、

「ち、違うんだ。姫柊の話題だけど姫柊のことじゃないというか、こうしてみんなで一緒に風呂に入るのは久しぶりだな……って」

「はあ……じゃあ、紗矢華さんが涙目になっているのは……？」

「そ、それは……おっぱい！　みんなでおっぱいの触りっこをしようって話になって……ちょっとやり過ぎちゃったっていうか……」

唯里が苦しい言い訳をひねり出す。我ながら無理のある説明だとは思ったが、雪菜はなぜかものすごく納得したらしく、

「そ、そうですか……では、わたしは髪を乾かしてきますので」

怯えたような口調でそう言って、洗面台のほうへと逃げ去っていく雪菜。唯里は、自らの失言に頭を抱えて、

「うう……なんか警戒されちゃったよ……最近ちょっと仲良くなったと思ったのに……！」

「いや、ナイスだ、唯里。今のうちに煌坂の呪符ホルダーを探そう」

志緒が気を取り直したように真面目な口調で言った。

「探そう……って、でも、いったいどこを探せば……？」

手がかりを求めて、唯里は紗矢華に訊く。紗矢華は自信なさげに目を伏せて、

「……入浴料を払ったときに持ってたのは覚えてるんだけど……」

「そのあと、脱衣所に入るまでなくしたってこと？　ってことは……そうか、ロビー！」

　銭湯の受付と脱衣所の間には、待合室を兼ねたロビーがある。マッサージチェアやジュースの自販機などが置かれている空間だ。

「ちょ……唯里！」

　反射的に走り出そうとした唯里を、志緒が慌てて呼び止める。

「ロビーを見てくる。志緒ちゃんたちは、ロッカー室を探してて！」

「そうじゃなくて、服！　服！」

　志緒の必死の呼びかけに、自分がバスタオルを巻いただけの姿だったことを思い出し、唯里は小さく悲鳴を上げた。


「落ちてませんでしたか……わかりました。ありがとうございます」

　受付の係員に落とし物の有無を確認して、唯里は落胆しながら礼を言う。紗矢華がなくした呪符ホルダーは、少なくとも受付には届いていなかったらしい。

「ロビーもけっこう広いんだよね……どこから探せば……！」

　明るく清潔な男女兼用のロビーには、入浴を終えた客が十人ばかりくつろいでいる。

　その中に暁古城（あかつきこじょう）の姿を見つけて、唯里は思わず足を止めた。Ｔシャツ姿で風呂上がりのスポーツドリンクを飲んでいた古城が、唯里に気づいて顔を上げる。

「あれ、唯里さん？　もう出たのか？」

「古城くん……！　ご、ごめんね、一人で待たせちゃって」

唯里は気まずげに頭を下げた。監視役である雪菜につき合わされる形で、古城は男子一人で銭湯を訪れることになったのだ。

しかし古城は気にした様子もなくひらひらと手を振って、

「ああ、いや、それはべつにいいんだ。今回の事件じゃ唯里さんたちにも世話になったし。うちの妹も風呂は長いから慣れてる」

「そっか古城くんの妹さんって凪沙ちゃんだよね。可愛いよね。雪菜の同級生なんだっけ。実はうちも下に弟がいて……あたしは寮暮らしだから、たまにしか会えないんだけど……って、それ！」

古城が気遣ってくれたことに安堵して、世間話を始めようとした唯里は、彼が膝の上に置いていたパスケースのようなものに気づいて目を見張った。

長財布ほどの大きさのスリムな書類ホルダーだ。

「ああ、これ？　さっき、そこで拾ったんだけど」

古城が無造作にホルダーに触れる。唯里はごくりと喉を鳴らして、

「中……見た？」

「ああ。これって煌坂のだろ？」

「……渡してってお願いしたら、渡してくれる？」

「唯里さんに？」

古城が眉を寄せて唯里を見上げてくる。

「悪いけど、それはちょっと。たぶん姫柊が嫌がると思うし」

「わ、わたし、雪菜が嫌がることなんかしないよ？」

唯里は真剣な表情で訴えた。

第四真祖である暁古城が、監視役の雪菜に自由に命令できるというのは、極めて危険な状況なのだ。古城はそれを自覚しているのか、思わせぶりに苦笑して、

「いや、でも、姫柊が恥ずかしい思いはするだろ？」

「は、恥ずかしいことをさせるんだ……やっぱり……」

唯里はうつむいて拳を小さく震わせた。

雪菜と仲良くやっているように見えたが、それでも古城は世界最強の吸血鬼なのだ。善人と思わせて油断させておきながら、雪菜のことを辱める機会を虎視眈々と狙っていたのかもしれない。

「古城くん、雪菜になにをやらせるの？」

「え……？　やらせるって……なにを？」

「雪菜がなんでも言うことを聞いてくれるっていったら、なにを命令する？」

「姫柊に命令？　そうだな……補習の課題プリントを手伝ってくれ、とか？」

「は、はい……？」

提出期限がヤバいんだよな、と本気で悩み始める古城を、唯里はきょとんと見下ろした。

「あとはスーパーの卵がお一人さま一パック限定だったから買い物につき合って欲しいかな。それか、朝のゴミ捨ての手伝いか……」

「って、夫婦か！」

期待外れな古城の発言に、唯里はたまらずツッコミを入れる。

「そうじゃなくて、雪菜だよ！　あの綺麗な子がなんでも言うことを聞いてくれるんだよ！　もっとなにかほかにあるよね!?　なんかすごくエッチなこと！　着物を着せて帯をくるくるするとか！」

「そんなことを言われても……姫柊なんかにそんなことさせてもしょうがないだろ？」

「帯くるくるは男の子のロマンじゃないの!?」

「ちょっ……唯里さん……近い、近い」

無自覚に顔を寄せていた唯里に対して、古城が照れたように身体を仰け反らせる。と、そんな古城の背後から、少女の困惑した声が聞こえてきた。

「……あの、先輩？　唯里さんとなにをやってるんですか？　わたしなんかでは、しょうがないって言ってました？」

「ゆ、雪菜!?」

着替えを終えて出てきた雪菜が古城のほうへと近づくのを見て、唯里がさっと青ざめる。まったく最悪のタイミングだ。

「ああ、姫柊。いや、実はさっきこいつを拾って……」

「駄目！　雪菜、逃げて！　このままじゃ雪菜が恥ずかしい目に……！」

呪符ホルダーを差し出そうとする古城に向かって、唯里は咄嗟に体当たりを敢行した。唯里ともつれ合って倒れる古城の手から、呪符ホルダーが落下する。

「雪菜!?　なに、今の音!?」

「唯里、大丈夫か!?」

物音を聞きつけた紗矢華と志緒が、慌てて脱衣所を飛び出してくる。折り重なったように倒れる古城と唯里を見て、呆然としたように立ち尽くす二人。

「これって……」

その間に雪菜は、自分の足下に落ちた紗矢華の呪符ホルダーを手に取っていた。

二つ折りの呪符ホルダーの隙間から、色褪せた厚紙らしきものがはみ出している。

「ゆ、雪菜……あの、それは……」

「これって……わたしが昔、紗矢華さんにあげたチケットですよね。まだ、持っててくれたん

です か？」

ホルダーから取り出した紙を眺めて、雪菜が少し照れたように頰を赤らめた。

予想外の彼女の反応に、唯里は軽く面喰らう。

「雪菜が、煌坂さんにあげた……チケット？」

「はい。お誕生日のプレゼントに……あのころはほかにあげられるものもなかったですし」

「……『なんでもいうことを聞く券』……」

紗矢華の呪符ホルダーに収められていたのは、厚紙にカラフルな油性ペンで書いた手作りのチケットだった。小学生くらいの小さな子どもが、大切な人のために用意した精一杯のプレゼントだ。

姉妹同然に育った紗矢華のために、幼い雪菜が贈ったその券を、紗矢華はずっと大切に取っていたのだろう。肌身離さず持ち歩く呪符ホルダーの奥底にしまって。

「あの、紗矢華さん。そんなものをいつまでも持っていられると恥ずかしいので、早く使って欲しいんですけど……」

「駄目。これは私の宝物でお守りなの！」

雪菜からあらためて手渡されたチケットを、紗矢華が大切そうに胸元に抱きしめる。目を伏せて恥ずかしがる雪菜を見て、やれやれ、と肩をすくめる古城。

雪菜に一度だけ強制的に言うことを聞かせられる権利——

たしかに、紗矢華は間違ったことは言ってない。危険な呪符だと勘違いして、慌てたのは唯里たちの早とちりだ。

「まったく人騒がせなやつだ」

志緒が眉間に手を当てて、溜息まじりにうんざりと首を振った。唯里は頼りなく微笑んで、

「あはは……なんにしても大事にならなくてよかったよ」

「ああ。まあ、気持ちはわかるけどな。私も唯里にもらったやつは大切に取ってあるし」

「え!?　うそ……!?　志緒ちゃん!?」

かつて自分が志緒に贈った手作りのプレゼントの存在を思い出し、唯里は猛烈な焦りを覚える。『なんでもいうことを聞く券』よりも、もっと恥ずかしいチケットを渡した記憶が甦ってきたからだ。

「……まあ、いっか……」

仲睦まじい紗矢華と雪菜の様子を見ているうちに、なんとなく満ち足りた気分になって、唯里はホッと息を吐く。

それは〝魔族特区〟と呼ばれる島が、惨劇を乗り越えてようやく取り戻したよくある日常の一コマだった。

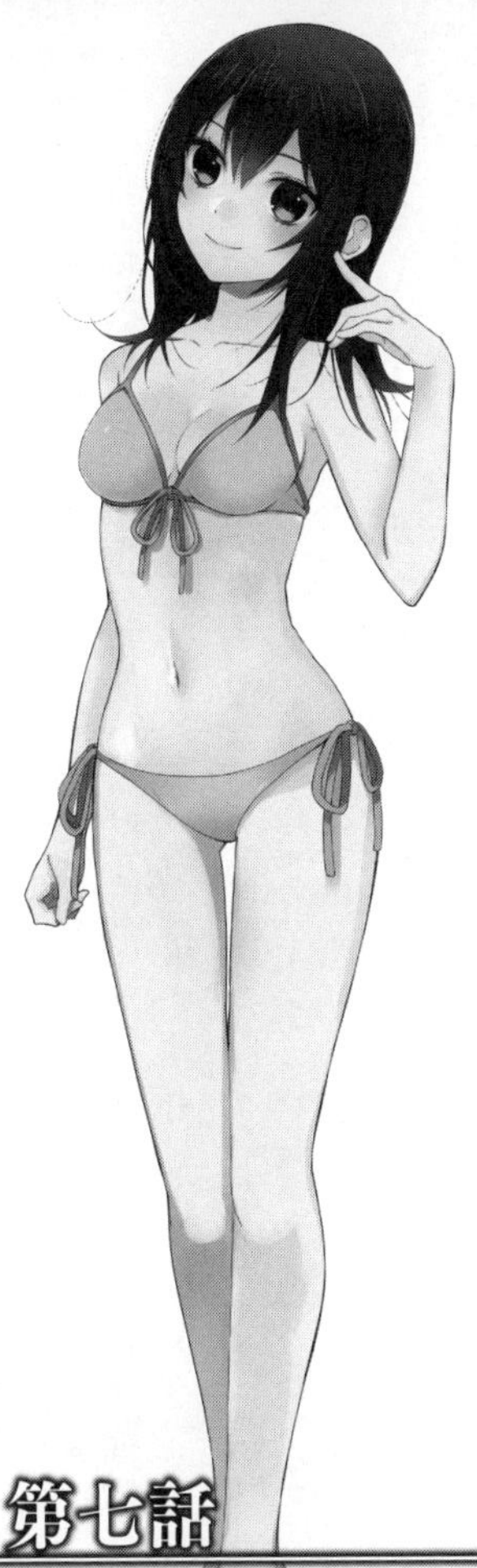

# 第七話

## ビーチの女王様

「ビーチ……クイーンコンテスト……ですか？」

　下校途中の通学路。姫柊雪菜は、困惑の表情を浮かべて立ち止まる。彼女の監視対象である〝第四真祖〟暁古城が、頼みがある、と突然、真顔で言い出したせいだ。

「絃神島の人工海岸で、海水浴客を集めるために、毎年この時期にやってるんだ。人工島管理公社が主催のわりと大きなイベントで、地元のケーブルテレビ局で中継もされてる」

「はあ……」

「というわけで姫柊、コンテストに出てくれ」

　そう言って、古城が雪菜に深々と頭を下げる。

「は、はい？　わたしですか？」

　雪菜は驚いて目を大きく見張った。

「……嫌ですけど？」

「え？　なんで？」

　そんな馬鹿な、と言わんばかりの勢いで古城が顔を上げた。

　なんでじゃないですよ、と雪菜は呆れたように溜息を洩らして、

「むしろ、どうしてわたしがそんなものに出なければならないのかが疑問なんですけど。そのコンテストって、あれですよね、水着の女の子たちを並べて、誰が一番かを競う感じの……」

「そうなんだけど……いや実は、こないだ凪沙のやつがウィッチってゲーム機を買ってさ」

「あ、その話は聞きました。もうすぐ発売される新作ソフトを楽しみにしているって……」

まさか、と雪菜は、悪い予感を覚えて唇を引き結んだ。

「それで俺が、うっかりそのウィッチ本体を壊してしまってな……隠れてこっそりゲームやってる途中にエキサイトして、ついバキッと……」

「なにをやってるんですか⁉」

雪菜は絶望して天を仰ぐ。古城の妹である暁凪沙は、雪菜にとっても大切な友人だ。できることなら、彼女が悲しむ姿は見たくない。

「先輩、もしかして、このコンテストの賞品って……」

「ああ。優勝すると新品のウィッチがもらえるんだよ。だから、頼む、姫柊！　凪沙のためにコンテストに出場してくれ。この借りはいつか必ず返すから！」

いつになく真剣な瞳で古城が顔を近づけてくる。雪菜は、その勢いに若干圧倒されつつ、

「じ、事情はわかりましたけど、でも、どうしてわたしにそんなお願いを……？」

「え？　だって、姫柊が出場すれば、確実に優勝できるだろ？」

古城が不思議そうな表情で言った。雪菜の優勝を迷いなく信じているような口振りだ。

「そ、そんなわけないじゃないですか」

雪菜は怒ったような口調で言い返す。

たしかに元ルームメイトの煌坂紗矢華のように、雪菜のことを可愛いと言ってくれる友人は

いる。古城にもかつて一度だけそんなふうに言われたこともある。

しかし雪菜自身は、自分がコンテストで優勝できるほどの美形だと思ったことなど一度もない。雪菜の周りにはもっと綺麗な少女がたくさんいるのだ。

「わたしは身長もそれほど高くないですし……胸も、その……あんまり……」

「たしかに身長があるほうが多少は有利だろうけど、姫柊なら全然問題ないと思うぞ。ウエストも引き締まってるし、脚の筋肉の付き方なんかも理想的な感じだし」

「先輩、目つきがいやらしいです……！」

古城にジロジロと見つめられて、雪菜は思わず赤面した。

「それにわたしよりコンテストに向いてる人がいると思いますけど。たとえば藍羽先輩とか」

「浅葱か……浅葱もいいとこまでいくかもしれないけど、さすがに姫柊が相手じゃな」

「いえ、そんな……わたしなんか藍羽先輩に比べたら全然地味ですし……」

雪菜は照れたように声を小さくする。

古城のクラスメイトの藍羽浅葱は、誰もが認める華やかな美少女だ。たとえお世辞だとわかっていても、彼女より上だと言われて嬉しくないわけがない。

「大丈夫。姫柊なら絶対に優勝できるって。自分を信じろ！　頼む！　このとおり！」

古城が顔の前で両手を合わせて拝み倒してくる。

それでも雪菜は気弱な表情で首を振り、

「で、でも、わたし……コンテストに出られるような水着も持ってないですし」

「だったら今から一緒に買いに行こうぜ。なんだったら選ぶのも手伝うし」

いつになく積極的に迫ってくる古城に、雪菜はついに根負けしたように溜息（ためいき）をついた。

「もう……本当に仕方のない吸血鬼（ヒト）ですね……本当にひとつ貸しですからね」

「わかってる。恩に着るよ。助かる」

「でも、先輩……どうしてそんなに、わたしのことを信じてくれるんですか……？」

足早に駅に向かって歩き出した古城の背中に、雪菜が訊（き）く。

古城は本気で雪菜の優勝を確信している。彼がそんなふうに自分を特別視してくれているのが、雪菜には少し意外だった。

しかし古城は、雪菜の質問に、少し照れたように頭をかいて、

「そりゃまあ、今までずっと見てきたからな。姫柊が、魔族を殴り倒すところとか」

「は、はい？」

思いがけない古城の答えに、雪菜は面食らったように目を瞬（またた）いた。

「ちょっと待ってください。ビーチクイーンを決めるコンテストなんですよね。魔族となんの関係が？」

「ああ。ビーチフラッグスの女王決定戦（クイーンコンテスト）な」

「ビーチ……フラッグス？」

雪菜はぽかんと目を丸くした。

そのスポーツのことなら知っている。水着の選手がスタートラインにうつ伏せで並んで、砂浜に立てた旗を、誰が一番最初に取れるか競うやつだ。夏の海辺の定番スポーツである。

「スポーツ……だから、わたしが優勝できると……可愛いと思ってるわけではなくて……」

雪菜は立ち止まって肩を震わせる。

自分の勘違いが猛烈に恥ずかしかった。たしかに雪菜の反応速度に、一般人の女性がついてこられるはずもない。古城の謎の自信にも納得だ。

「獅子王機関の剣巫の反応速度とスピードに対抗できる女子なんかいないだろうからな。さっさと水着買いに行こうぜ。動きやすくて丈夫なやつがいいよな」

「……行きません」

「え？」

古城が驚いたように振り返る。

雪菜は眉を逆立てて、そんな古城を睨みつける。

たしかに勝手に勘違いしたのは雪菜だが、誤解を招く説明をした彼にも責任はあるはずだ。

「絶対そんなの出場しませんから！　変な期待を持たせないでください、先輩のばか！」

怒って背を向けた雪菜のあとを、なぜだ、と混乱しながら追いかけてくる古城。

雪菜が再び古城と口を利いてくれるまで、それから実に一週間を要したのだった。

# 第八話
# On A Rainy day

「ああ、くそ……勘弁してくれ」

髪を濡らす水滴を鬱陶しげに払いのけながら、暁古城は気怠く息を吐いた。

人工島の空を覆っているのは、低く垂れこめた鉛色の雨雲だ。南国特有の突発的な豪雨。大粒の雨が激しく地面を叩き、飛び散る水飛沫が容赦なく街を濡らしていく。

予期せぬ突然の大雨に、買い物客で賑わっていた駅前広場は阿鼻叫喚の渦に包まれていた。ある者は慌ててモノレールの駅舎に駆けこみ、またある者は近くの商店やカフェへと退避する。そして手近な建物の軒先などに逃れて、雨宿りを試みる者もいた。

世界最強の吸血鬼であるところの〝第四真祖〟こと、暁古城もその一人だ。

「ったく、凪沙のやつ、なにやってんだ。待ち合わせの時間はとっくに過ぎてるじゃねーかよ」

駅ビルの壁の時計を見上げて、古城は乱暴に舌打ちする。

古城が日曜日の午後を潰して、混み合う商業地区に出てきたのは、凪沙と雪菜の買い物に無理やりつき合わされたせいだった。訳あって彼女たちとは一時的に別行動したあと、この駅前広場で再び合流する予定だったのだ。

しかし約束の時間を三十分近く過ぎてなお、凪沙たちが広場に戻ってくる気配はなかった。携帯電話も繋がらず、アプリのメッセージにも応答がない。どうやら気づいた上で無視されているらしい。いっそ凪沙たちを置いて帰ってしまいたい気分だが、この凄まじい豪雨では移動することもままならない。

結果、古城は降りしきる雨を眺めつつ、広場の片隅に立ち尽くしているというわけだ。

「――っくしっ！　くしっ！」

濡れた上着に体温を奪われたのか、古城がくしゃみを連発した。

どこか間の抜けたその声が、雨音に混じって予想外に大きく響く。

それを近くで聞いていた誰かが、クスクスと笑い出す気配があった。自分のすぐ隣に立っていた見知らぬ少女の存在に、そのときになって古城はようやく気づく。

古城が何気なく視線を向けると、少女は少し慌てたように顔を背けた。

そんな彼女の横顔に、古城は目を奪われた。

およそ現実とは思えないほどに、端麗な容姿の少女だったからだ。

やや大人びた雰囲気を漂わせているものの、おそらく古城と同世代だろう。

身長は、凪沙や雪菜よりも少し高い。百六十センチ台の前半といったところか。

腰まで届く栗色の長い髪。明るい茶色の大きな瞳。冷たく近寄りがたい印象はあるが、顔立ちは文句なしに整っている。お忍びで外出中の有名女優やアイドルといわれても素直に信じられた。要するにデタラメな美少女ということだ。

彼女が身に着けているのは、編み上げのサンダルと清楚なレースのワンピース。

羽織った白いボレロのせいか、どことなく良家のお嬢様という趣がある。

そんな彼女の胸元に、うっすらとパステルブルーの影が滲んでいた。夏用の薄い布地が雨に濡れ、下着の色が透けているのだ。

そのことに古城が気づいた瞬間、少女と唐突に目が合った。

「あの……なにか？」

少女が警戒したような口調で訊いてくる。自分を凝視していた古城のことを、露骨に怪しんでいる表情だ。

古城はハッと我に返って激しく首を振り、

「あ、いや、違うんだ。俺は、ただ……」

「……もしかして、ナンパですか？」

「そんなんじゃねーよ！　たまたま近くで雨宿りしてただけ——」

必死で言い訳しようとした古城の視界を、純白の閃光が眩く染めた。

一瞬遅れて轟音が鳴り響き、絃神島の大地が震える。

「……っ⁉」

古城は驚愕に顔を引き攣らせ、声にならない悲鳴を上げた。

無意識に目の前の少女を庇って両腕を広げ、硬い表情で背後を振り返る。犯罪魔導師による大規模テロや、魔術実験の暴走を疑ったのだ。

しかし街の様子にたいした変化はなかった。激しい風と雨音に混じって、地響きのような低い雷鳴が聞こえてくるだけだ。大げさに身構えているのは古城一人である。

「か……雷か……」

近くに落雷があっただけだと気づいて、古城は安堵の溜息をついた。まだ少し強張った顔のまま、脱力したようにぐったりと項垂れる。

そんな古城を、茶髪ロングの少女が至近距離から見上げていた。慌てふためく古城の様子がおかしかったのか、彼女は小さな笑い声を洩らす。

「恐かったですね、雷」

まったく恐がってないような態度で少女が言った。怯える古城を気遣っているような口調だ。

そのせいで、古城は逆に猛烈な恥ずかしさを覚える。

「いや、俺は雷が恐かったわけじゃなくて――」

「よしよし」

「だから、慰めなくていいから」

「それで、なんの用ですか？　ナンパですか？」

「聞けよ、人の話を！」

マイペースな女だな、と古城は顔をしかめて嘆息した。

「俺はここで待ち合わせしてただけだ」

「待ち合わせ？」

少女が可愛らしく小首を傾げる。

「お相手は、彼女さんですか？」

「妹と、妹の友達だよ。そいつらが服を買いに来てて、俺は荷物持ちでつき合わされてるだけ」

「……荷物持ちなのに、どうして待ち合わせを？　一緒に行動しないんですか？」

「いや、まあ、さっきまでは一緒だったんだけどな」

曖昧に言葉を濁す古城を見返して、少女は深刻な表情になった。

「……その妹さんやお友達は実在するんですか？　あなたの想像上の存在ではなく？」

「なんで妹の存在が俺の妄想みたいになってんだよ、実在するわ！」

古城が少しムキになって言い返す。

「ただちょっと喧嘩して、ついてくるなって言われただけだ」

「喧嘩？」

「あいつらが一方的に怒ってるだけなんだけどな。どの服が似合うかって姫ら……妹の友達に訊かれたから、どれでもいいって答えたら、なんか急に二人してブチギレやがって」

「ふーん」

少女が疑り深く目を細める。

「本当はもっとひどいことを言ったんじゃないですか？　おまえなんかなにを着ても一緒だ、

とか。その辺で売ってる変なTシャツでも着てろ、とか」

「ぐ……」

図星を衝かれて古城がうめいた。少女は呆れたように目を大きくして、

「本気でそんなことを言ったんですか？」

「いや、違う。あれは変なTシャツじゃなくて、魔族特区の技術で開発された新素材のすごいヤツなんだって。抗菌で伸縮素材で軽量で」

「はあ」

「それに姫ら……妹の友達は、大抵なにを着せても似合うんだから、本人の好きな服を着ればいいと思っただけだよ」

「ナンパの次は、のろけですか？」

　どこか面白そうに少女が訊いてくる。古城は顔をしかめて首を振り、

「べつにのろけてねーよ。俺の彼女でもなんでもないんだし」

「でも、少しは可愛いと思ってます？」

「まあ、客観的な事実として綺麗な子だとは思う。あんたほどじゃないけどな」

「それは、どうも」

　少女がなぜか複雑そうな表情で目を伏せた。余計なことを言ってしまったか、と古城は軽く後悔する。しかし雪菜のことだけを褒めるのは、なんとなく照れくさかったのだ。

「そう言えば、あんたはこんなところでなにをやってるんだ？」

「待ち合わせです」

「へえ」

まあそうだろうな、と古城はうなずく。それ以外にこんな大雨の中で、ぼんやり突っ立っている理由があるとは思えない。

「どんな相手か、気になります？」

古城をからかうように微笑(ほほえ)んで、少女が上目遣(うわめづか)いに見上げてくる。どこか挑発的な彼女の態度に、古城は困惑しつつ首を振り、

「いや、べつに」

「男の人ですよ」

「彼氏か？」

「そういうわけじゃないんですけど、でもやっぱり、こういう恰好(かっこう)は緊張しますね」

「え？」

「今日初めて着た服だから、変だと思われないかと不安で。誰かに似合うと言ってもらえたら、少しは自信がつくと思うんですけど。思うんですけど」

「あー……心配することはないと思うけどな。ちゃんと似合ってるから」

期待に満ちた少女の眼差(まなざ)しに逆らえず、古城はぎこちなく褒め言葉を口にする。

その素直な反応が意外だったのか、少女は驚いたように目を見開いた。

そして彼女は、なぜか拗ねたように唇を尖らせて、

「最初から、そう言ってくれたらよかったのに」

「は？」

軽い目眩のような既視感を覚えて、古城は眉を寄せる。独り言のようにぼそりと呟く少女の声が、古城のよく知る誰かに似ていたからだ。

古城がその既視感の正体に気づく前に、少女は広場のほうへと視線を巡らせた。彼女の待ち合わせの相手が来たらしい。

しかしその人物は男性ではなかった。ファッションブランドの紙袋を、いくつも抱きかかえた小柄な少女だ。しかも古城の見知った顔である。

「古城君、お待たせ。いやー、すっごい雨だねえ」

土砂降りの雨の中を突っ切って、暁凪沙が、古城たちのいるビルの軒先へと駆けこんでくる。彼女が背負っているのは、雪菜の愛用のギターケースだ。

「凪沙？」古城は訝しげな表情を浮かべて妹を見た。「おまえ一人か？　姫柊は？」

「はい？」凪沙がきょとんと目を瞬く。「なに言ってるの。雪菜ちゃんなら、さっきから古城君と一緒にいたでしょ」

「一緒に……って、え？」

茶髪ロングの少女を見つめて、古城はぽかんと口を開けた。

その視線を受け流すように、少女は澄まし顔で微笑んでいる。見知らぬ大人びた服装。特徴的な長い髪。しかし端整なその顔立ちには、見慣れた後輩の面影があった。

「お、おまえ……もしかして姫柊か⁉」

古城は震える右手で茶髪ロングの少女を指さした。

激しく動揺する古城の顔を、凪沙が覗きこんできて面白そうに笑う。

「おやおやぁ？　まさか気づいてなかった、なんてことはないよねえ。なにを着ても一緒とか、失礼なことを雪菜ちゃんに言っておいて」

「いや、だって、その髪……目の色だって全然違うじゃねーか！」

「この髪はウィッグです。目にはカラーコンタクトを入れて、あとはメイクで」

茶髪ロングの少女——姫柊雪菜がよそ行きの声でそう言って、長い髪をさらさらとかき上げる。古城はその姿を呆然と眺めて、

「身長は？　そんな急に背が伸びるはずは——」

「このサンダル、見た目よりヒールが高いので」

「胸だって、こんなでかいはずが……ああ、上げ底か！」

「ち、違います！　頑張って寄せて上げれば、わたしだってこれくらいは——！」

雪菜が両手で胸元を覆って、キッと古城を睨めつけた。

「本当の本当に雪菜ちゃんだって気づいてなかったの？」

凪沙が呆れたような表情で古城を見る。

「ああ……いや、なんていうか、いろいろすみませんでした」

古城はなにも反論できずに、神妙な顔つきで雪菜に頭を下げた。

ここまで見事に騙されてしまったら、なにを着ても一緒だ、などとはもう二度と言えない。

もっとも今回の雪菜の場合は、単に服を着替えたというより、ほとんど変装に近い気もするが。

「妹さんのお友達は、もう怒ってないみたいですよ」

ふふっ、と愉快そうに笑いながら、茶髪ロングの少女が古城に耳打ちした。

古城は無言で肩をすくめる。おそらく雪菜は、古城を驚かせるために、凪沙と二人であれこれと知恵を絞ったのだろう。結果的に彼女の復讐は果たされたことになる。

いつの間にか雨は小降りになっていた。空の色も明るくなって、雲の切れ間からは光が射している。雷の音ももう聞こえない。家に帰るにはいい頃合いだ。

「ねえねえ。それで古城君的には、どっちが好みなの？　いつもの雪菜ちゃんと、今日みたいな恰好の雪菜ちゃんと」

空を見上げている古城に向かって、凪沙がいきなり訊いてくる。ぴく、と耳を震わせて、古城をじっと見つめてくる雪菜。

じわり、と古城の背中に冷や汗が滲む。どう答えれば正解なのかわからない。

まるで別人のような姿の雪菜から目を逸らし、世界最強の吸血鬼は魔族特区の空を見上げた。

妹の質問に答える代わりに、しみじみとした口調で独りごちる。

「——女って、恐えな」

第九話
第四真祖には向かない職業

大人びた雰囲気が漂うアンティークな喫茶店の窓際に、雪菜は緊張の面持ちで座っていた。テーブルを挟んだ正面の席では、古城がアイスコーヒーを啜っている。学校からの帰り道、なぜか監視対象である彼のほうから、唐突に雪菜を誘ってきたのだ。

もちろん下校中の飲食店への立ち寄りは厳密には校則違反なのだが、雪菜には断ることができなかった。

それは、ちょっと話があるんだが、と言い出したときの古城が、まるで苦悩しているような真剣な顔をしていたからであって、初めて古城から寄り道を誘われて動揺していたとか舞い上がっていたとかデートみたいだと思ったとか決してそういうことではないのだ断じて違う、と雪菜は自分自身に必死に言い聞かせる。

店内には、映画音楽をアレンジした静かなジャズピアノの演奏が流れていた。

幸いなことに広い店内に人の姿は疎らで、音声遮断の結界を張るまでもなく、雪菜たちの会話を第三者に聞かれる心配はない。彩海学園の生徒の通学コースからも外れているため、知り合いの誰かに見つかる可能性も低そうだ。

雪菜は気持ちを落ち着かせるために小さく溜息をついて、紅茶で唇を湿らせた。沈黙を保っている古城を見つめて、意を決したように口を開く。

「あの、暁先輩？　どうしたんですか、そんな真面目な顔をして」

「ああ。悪い」

古城は頬を赤らめながら顔を上げ、緊張気味に微笑んだ。

「こういうことを姫柊に訊いていいのかよくわからないんだが、実は少し相談に乗って欲しいことがあってさ」

「わたしに、ですか？　はい、わたしでよければもちろんお話を聞きますけど」

「そうか。助かる」

「い、いえ。監視役として当然の義務ですから」

古城の緊張が伝染したのか、雪菜はぎこちなく答えて姿勢を正した。

胸の鼓動がなぜか高鳴るのを自覚する。

「それで先輩のお悩みというのは？」

「ああ、うん。あらたまってこういうことを言うのは照れるんだけど、将来のことについて、最近ちょっと考えててさ」

「将来のこと……ですか？　それって……」

雪菜はビクッと肩を震わせた。

漠然とした不安と恐怖、そして甘やかな期待が渾然一体となった、名状しがたい感情が胸の中で広がる。

未来視の力を持つ獅子王機関の剣巫でありながら、自らの将来について考えるのは、雪菜にとって気が重いことだった。

暁古城は第四真祖。存在自体が、一国の軍隊や天災と同等とされている世界最強の吸血鬼だ。

そして雪菜は、その古城を監視するために日本政府から派遣された攻魔師なのである。

古城を危険だと判断すれば、雪菜は彼を抹殺しなければならない。

今もその覚悟に変わりはない。

たとえ彼と殺し合う運命を避けられたとしても、この先いつまでも古城と一緒にいることはできない。

なぜなら古城は不老不死の吸血鬼だからだ。

雪菜が彼の前から姿を消す日は、いつか必ずやってくる。

それは雪菜に限った話ではない。

古城の周囲にいる人間は、必ず古城よりも先に死ぬ。

永劫の孤独の中で生きること。それが第四真祖である彼の運命なのだ。

その悲劇的な運命を変える方法は一つだけ。

古城を永遠の孤独から救う方法は、誰かが彼の〝血の伴侶〟となって、共に寄り添って生き続けることだ。自らの魂と血を捧げ、主である吸血鬼と永遠の夜を生きる――

有り体に言えば、彼と〝結婚〟するということになる。

「すみません、先輩。わたし、まだ時間があると思って、なにも考えてませんでした」

雪菜は強く拳を握りしめて、真剣な表情でそう言った。

なにやら思い詰めたような雪菜の態度に、古城は逆に怪訝な顔をする。

「べつに姫柊が謝るようなことじゃないだろ？」

「いえ。大事なことですから、きちんと考えておくべきですよね。先輩はただでさえ第四真祖ということで問題が多いのに」

「そうなんだよな。俺が普通の人間のままだったら、こんなに悩まずに済んだんだけどな」

古城が珍しく自虐的な笑みを浮かべて溜息をつく。

おそらく彼も散々悩んだ末に、雪菜に想いを打ち明けることにしたのだろう。

古城のその気持ちに応えなければ、と雪菜も重々しくうなずいて、

「はい。私も監視役として獅子王機関から派遣されてる立場ですから、今すぐに返事は出来ませんけど、これからは真面目に検討します。結婚しても今までどおりに任務が続けられるとは限りませんし、子どもを産むなら早いほうがいいという話も聞きますし、家事や育児の分担についても話し合って決めないと――」

「……ええと、姫柊？　いったいなんの話だ？」

熱を帯びた口調で力説する雪菜を、古城が不思議そうに見返した。

「先輩とわたしの将来について考えていたんじゃないんですか？」

困惑する古城の表情に、雪菜も戸惑いながら訊き返す。

古城は、ちょっとなにを言っているのかわからない、というふうに首を傾げて、

「え？　いや、姫柊はべつに関係ないと思うぞ。俺の進路志望調査なんだし」

「進路志望……調査……？」

雪菜は大きな目をパチパチと瞬いた。

古城が通学バッグから取り出したのは、高等部で配られた進路希望調査票。進路指導の参考にするために、将来なりたい職業や希望の進学先を書いて提出するものだ。

どうやら古城の悩みとは、その希望進路をどうするか、というものだったらしい。

「──で、ですよね！　わかってましたから！　最初からそのつもりで話してましたから！　どうせわたしには関係ないことですし！」

殊更に大きな声で同意して、雪菜は紅茶を勢いよく喉に流しこんだ。

表面上は平静を装っていても、ティーカップを持つ指先が羞恥で震える。己の勘違いがどうしようもなく恥ずかしい。

しかしこれは紛らわしい行動をした古城にも原因があるのではないだろうか、と雪菜は心の中で必死に言い訳する。むしろ怒りすら湧いてくる。

「あー……いや、だからさ、進学するにしても働くにしても、吸血鬼だとやっぱり向き不向きがあるだろ。ほかの魔族はどうしてるのかな、と思って。姫柊はそういうの詳しいだろ？」

「……そうですね。いちおうこれでも専門家なので」

どうにか動揺から立ち直った雪菜が、テンションの低い声で言う。

獅子王機関の剣巫である雪菜は、対魔族戦闘のエキスパートだ。

遭遇する可能性のあるあらゆる魔族の生態について、幼いころから詳細に叩きこまれている。

その中にはもちろん、彼らの職業についてのデータも含まれていた。戦闘時における彼らの思考パターンを予想したり、捜査上のプロファイリングの役に立つからだ。

「魔族といっても様々ですけど、たとえば獣人種の場合は、やはり彼らの身体能力を活かした職業に就くことが多いと聞いています」

「身体能力を活かした職業？　スポーツ選手とかってことか？」

古城が興味を惹かれたように訊いてくる。ええ、まあ、と雪菜は曖昧にうなずいて、

「もちろんそういう人たちもいるはずです。魔族が出場できるプロスポーツは、日本国内ではあまり多くありませんけど」

「ああ、そういやそうか」

古城が少しだけ寂しそうに肩をすくめた。

かつてバスケ部に所属していた彼にとって、スポーツ選手への道が絶たれたことは、心の整理がついた今でも残念なことではあるのだろう。

「あとは、その、そうですね。やはり獣人種の就職先で多いのは、警察官や消防士やレスキュー隊員などでしょうか」

雪菜が努めて明るい声を出す。魔族特区の絃神島においては、いずれも獣人の就職先として

メジャーな職業だ。

「絃神島の特区警備隊にも獣人部隊があるんだよな」

「はい。彼らは人類と比べて、瞬間的な筋力や治癒能力に優れていますから。公務員の場合は魔族手当がつくので、収入もかなりいいはずです」

「なるほど……公務員なら安定してるし、高収入ってのは魅力だな」

古城が興味を惹かれたように呟いた。

世界最強の吸血鬼のくせに、意外と安定志向なのである。

「そうですね。あとは優れた感覚器官を生かして、研究職に就いている方々も多いそうです。化粧品メーカーの調香師や、食品会社の検査技士としても重宝されているとか」

「魔族としての長所を生かして働いてるわけか」

ふむ、と古城が感心したように唸った。

個人差はあるが獣人種の嗅覚は、人間の数万倍とも言われている。香料の配合を決める調香師や、商品の鮮度を見分ける検査技士は、彼らにとっていわば天職だ。人類と魔族が共存している魔族特区ならではの職業だといえる。

「いや、だけど俺には向いてないよな、そういう仕事」

「そうですね。先輩はなんというか無神け……いえ、無頓着なところがありますし。先週も、凪沙ちゃんのシャンプーを勝手に使って怒られてましたよね？」

「シャンプーなんか、なに使ったって同じだろ？」

「ええまあ……気持ちはわからないでもないですが」

雪菜は言葉を濁して沈黙した。髪の手入れなどにはあまり気を遣わない雪菜だが、それでもヘアケア製品にこだわる凪沙の気持ちはわかる。そもそもシャンプーの銘柄の違いすら気づかない古城に、調香師の仕事は無理だろう。

さすがに本人もそのあたりには自覚があるのか、古城が自分から話題を変えてくる。

「だったらさ、獣人以外の魔族はなにをやってるんだ？」

そうですね、と雪菜は少し考えて、

「獣人の次に人口が多いのは巨人種ですけど、彼らは建設現場や運送会社などで大人気だそうです。一人で一般人四、五人ぶんの働きをしますから。そのぶん給料も高くなると」

「それはうらやましいけど、あんまり参考にならないな」

古城が落胆したように苦笑した。たしかに吸血鬼と巨人種では、体格や筋力にあまりにも差がありすぎる。

「精密作業の得意な妖精種は、魔導機器関連の企業でよく見かけますね。彼らは魔術の扱いにも長けてますし、特許を取得して億万長者になった例も――」

「魔術……魔術か……」

うーむ、と古城が天井を仰ぐ。

膨大な魔力を持つ吸血鬼の真祖(しんそ)でありながら、魔術に関しては古城(こじょう)は完全なド素人なのだ。自分自身の眷獣(けんじゅう)すら満足に制御できずにいる彼が、繊細な魔導機器(まどうきき)の製造に向いているとはとても思えない。

「あと、少し変わったところで長命種(エルフ)の人々は、モデルやコンパニオンの事務所に所属している率が高いとか。容姿に優れている方々が多いので」

自らの師匠である長命種(エルフ)の女性——縁堂縁(えんどうゆかり)の姿を思い浮かべながら雪菜(ゆきな)は説明を続けた。縁は超一流の攻魔師(こうまし)でありながら、一流モデルに引けを取らない美貌の持ち主でもあるのだ。

「芸能人か……それなら、まあどうにか」

古城が妙に真面目な口調で呟(つぶや)いた。雪菜はなんとも言えない表情を浮かべて、

「いえ、あの、どうして芸能人ならどうにかなると思ったのかわかりませんが、進路調査票にそんなことを書いて提出したら、さすがに南宮(みなみや)先生に怒られませんか？」

「う……」

横暴かつ口の悪い担任教師の反応を想像したのか、古城が打ちひしがれたように肩を落とす。

「そもそも芸能人に向いているのは長命種(エルフ)の人々で、吸血鬼の先輩とは全然関係ないですし……」

「わかってるよ！　言ってみただけだろ！　じゃあ、吸血鬼は？　吸血鬼に向いてる職業はなんだ？」

「吸血鬼に向いている職業……ですか？」

古城に逆ギレ気味に質問されて、雪菜は言葉を詰まらせた。

そしてハッと閃いたように手を叩き、

「え……と、夜のお仕事はどうでしょう？」

「言い方っ！」

進路調査票に雪菜の言葉をそのまま書き入れようとしていた古城が、慌てて抗議しながら消しゴムをかける。

「深夜に働く仕事ってことだよな、単純に！」

「……ほかにどんな意味があるんですか？　吸血鬼は基本、皆さん夜行性なので、向いていると思いますけど……」

雪菜はきょとんとした表情で小首を傾げた。

古城はぐったりと溜息をついて、

「深夜勤務の仕事でもべつにいいけど、それって吸血鬼は関係なくないか？　普通に夜型の生活をしてる人間も多いだろ？　なんていうか、もっと魔族ならではの専門技能っぽいのはないのかよ？」

「でも、吸血鬼の能力ってお仕事ではなんの役にも立たな……いえ、使いどころが難しくて、夜更かしに強いことくらいしか……」

「もうちょっとほかになんかあるだろ⁉　だったら絃神島の外に住んでる吸血鬼はどうやって暮らしてるんだよ？」

「彼らはほとんどが、夜の帝国の貴族なので」

雪菜が言いにくそうな口調で告げた。夜の帝国の君主である三人の真祖は言うに及ばず、彼らの末裔である〝旧き世代〟の吸血鬼たちは、ほぼ例外なく独自の領地を持つ貴族なのである。

「貴族……貴族か……」

「強いて言えば、大地主や政治家みたいな感じでしょうか」

「駄目だ。基本の生活レベルが違いすぎて参考にならねえ……」

古城がふて腐れたように呟いて、テーブルの上に突っ伏した。

世界最強の吸血鬼などと言われていても、生まれついての貧富の差はどうにもならないのだ。

「あの……先輩？　吸血鬼の特性を活かした就職は無理でも、普通に勉強して資格を取ったり、手に職をつけたりして働けばいいのでは？」

落ちこむ古城を励ますように、雪菜が建設的な助言を口にする。

「結局、そうなるのか」

古城は無念そうな表情を浮かべつつも、気を取り直したようにのろのろと顔を上げた。

「とりあえず、この調査は進学希望ってことで出しとくか。ったく、第四真祖の能力ってのは、ホントになんの役にも立たねえな……」

無難な結論に達した古城を見て、雪菜はホッと胸を撫で下ろす。

実のところ第四真祖である古城には、凄まじい適性のある職業がごくわずかだけ存在する。

それは軍人、あるいは犯罪者だ。

一国の軍隊にも匹敵する彼が、その力で利益を得ようと考えたなら、世界中にどれだけの影響が出るか見当もつかない。

しかし古城は、そんなことなど夢にも思わないというふうに、薄っぺらな進路調査票を前に頭を抱えている。その姿を見つめて、雪菜は満足げに微笑んだ。

「大丈夫です。先輩が吸血鬼として真っ当に暮らせるように、私が最後までちゃんと責任持って監視てますから！」

「……え？」

決意を新たに告げる雪菜を見返して、古城はどこか迷惑そうな表情を浮かべた。

「いや、それはちょっと……」

「なんですか？　なにか不満なんですか？」

露骨に不満そうな古城の反応に、雪菜が憤慨して訊き返す。

しかし古城は本気で困ったように頭をかいて、

「いや、俺の生活の面倒を見てくれるって、それってつまり姫柊のヒモってことだろ？」

「ヒ、ヒモ？」

雪菜が唖然としたように目を瞠る。古城を監視するという雪菜の言葉は、なぜか彼の生活の面倒を見るというふうに誤って伝わってしまったらしい。

「今の時代、専業主夫も全然アリだと思うんだけど、後輩のヒモはさすがにちょっとな……」

「ちょっと待ってください、どうしてそんな解釈になるんですか⁉」

「まあ、姫柊の気持ちだけもらっておくよ。ありがとうな」

古城がヒラヒラと手を振って、雪菜の言葉を適当に受け流す。

雪菜は顔を真っ赤にしながら、そうじゃない、と激しく首を振り、

「だから違うって言ってるじゃないですか！　いい加減にしてください！」

静かな喫茶店の店内に、雪菜の悲痛な声が響き渡る。

第四真祖とその監視者の、いつもの日常の風景だった。

第十話
凪沙のお小言

真祖大戦が終結して、絃神島が仮初めの平和な日常を取り戻した直後のことだった。

「ねえねえ、古城君、雪菜ちゃん。そこに座ってくれるかな？」

魔族特区の独立を巡る政治的なゴタゴタがようやく片付いて、久々に自宅に戻った古城たちに、暁凪沙がにこやかに話しかけてくる。

「……凪沙ちゃん？」

なにか尋常ならざる気配を感じて、雪菜が警戒の表情を浮かべた。

一方、古城はソファに寝転んだままテレビのバスケ中継を眺めて、

「悪い。今、試合がいいとこだから、ちょっと待っ――」

古城の返事を最後まで訊かずに、凪沙がテレビの電源プラグを乱暴に引っこ抜いた。

ブッと音を立てて画面が暗くなり、古城は呆然と動きを止める。

「――そこに座ってくれるかな？」

凪沙が人工的な笑顔で静かに言った。

「は……はい」

古城と雪菜は二人並んで、カーペットの上に正座する。なぜかそうしなければならないような気がしたのだ。

「二人とも、あたしがどうして怒ってるかわかる？」

怯える古城たちをにこやかに見下ろして、凪沙が訊いた。

やはり怒っていたのか、と納得する古城。

明らかに今日の凪沙は普通ではない。表向き平静を保っているものの、内心ではいつになく真剣に怒っているらしい。しかしその理由が、古城たちにはわからない。

いったいなぜ、と首を傾げる古城の隣で、雪菜が怖ず怖ずと右手を挙げた。

「はい、雪菜ちゃん」

凪沙が教師のような口調で雪菜を指名する。

雪菜は緊張気味にゴクリと喉を鳴らして、

「こないだ凪沙ちゃんが買ってきてくれたアイスの詰め合わせで、わたしがうっかり凪沙ちゃんの好きなマジカルチョコミントを食べちゃったから……？」

「いやいやいや……そんなことじゃ怒らないよ。るる家のアイスは、ほかのフレーバーも美味しいからね。マジカル大納言あずきとかマジカル抹茶ストロベリーとか」

さすがに雪菜の回答には意表を衝かれたのか、凪沙は普段の口調に戻って否定した。

だがその雪菜の意見が大きなヒントになって、わかった、と古城は手を叩く。

「じゃあ、俺がこないだ夜食のおにぎりのイクラ入りを一人で全部喰っちまったから――」

「そうじゃなくて！　食べ物のことからちょっと離れて！　や、たしかにツナマヨしか残ってなかったのは、少々イラッとしたけれども！」

凪沙が頭を抱えながら首を振る。古城と雪菜は互いに顔を見合わせて、

「食べ物が原因じゃないとすると……あれでしょうか。先輩が、脱いだ靴下を裏返さないまま洗濯カゴに放り込んでたから、とか」

「いや、前回の洗濯当番は俺だったたから違うだろ。姫柊があっち向いてホイで凪沙相手に大人げなく三十連勝したせいじゃないか？」

本気で心当たりがない、というふうに、二人は顔をつきあわせて議論を始める。

しばらくその様子を黙って見ていた凪沙だが、あまりにも的外れな古城たちの会話に、頭痛を感じたように額を押さえて、

「ああもう、そんなんじゃなくて！　二人ともずっとあたしに隠してたことがあったよね⁉」

「あ……！」

ついに業を煮やした凪沙が自ら怒りの理由を口にして、古城と雪菜は二人同時に青ざめた。

それは、忘れていたというよりも、気づかないふりをしていた重大な問題だった。

事件終結後の混乱でうやむやになってしまっていたが、真祖大戦の渦中、古城が吸血鬼化していたことが凪沙にバレてしまったのだ。

それなのに古城は、凪沙に対するフォローをなにもしていない。

その事実を思い出して全身の血の気が引いていく。

動揺する古城たちを冷ややかに眺めつつ、凪沙は作りものめいた微笑を浮かべた。

「えーと、なんでしたっけ？　第四真祖？　世界最強の吸血鬼？　半年以上も前からそんなこ

とになってたのに、実の妹に隠し続けてたってどういうことなのかな？　んん？」

「そ、それは、ほら……わざわざ妹に自慢することじゃないかなー、と思ってな」

あははは、と古城は自虐まじりの乾いた声で笑ってみせた。

雪菜は本気で同意するように真顔でうなずいて、

「そうですね。たしかに自慢にはなりませんよね」

「イキった不良みたいで恥ずかしいしね。世界最強、とか、災厄の化身、とか――」

うんうん、と腕を組んで呟く凪沙。

思いのほか本気で妹たちに貶された古城は、少し傷ついた表情を浮かべて必死に反論した。

「それはべつに俺が名乗ってるわけじゃねーよ！　ほかの連中が勝手に言ってるだけだろ！」

「まあ、そんなことはどうでもいいんだけど」

凪沙は深々と嘆息して、再び古城を睨みつけた。

「たしかにバレたら恥ずかしいのはわかるけど、だからって妹に隠れてコソコソ吸血鬼になるのは正直どうかと思うよ？」

「たしかに黙ってたのは悪かったよ。だけど、兄妹だから余計に言いにくいこともあるだろ」

古城がぼそぼそとふて腐れたような口調で言い訳した。心配をかけたくなかったんだ、とは、さすがに照れくさくて言いづらい。

しかし凪沙は、そんな古城を無感情な半眼でじっと眺めて、

「言いにくい……ふーん、そうなんだ。それは凪沙に言いにくい行為をしてたってことかな」

「え？」

妹の想定外の反応に、古城は少し焦って訊き返す。

「こ、行為？」

「そういえば、あたし、雪菜ちゃんにも訊かなきゃいけないことがあったんだよね」

古城の反問をきっぱり無視して、凪沙は雪菜に向き直った。

「は、はい……？」

唐突に視線を向けられて、雪菜が緊張に身を硬くする。

凪沙は、不自然なくらい、いつもどおりの朗らかな笑顔で、

「獅子王機関の剣巫だっけ？　第四真祖の監視役ってなにをするのかなーって。具体的に」

「ぐ、具体的に……？」

凪沙の謎の迫力に圧倒されつつ、雪菜は戸惑った。

獅子王機関は、大規模魔導犯罪やテロの阻止を目的とする日本政府の特務機関だ。そして監視役である雪菜は、独自の判断で第四真祖を――すなわち古城を滅ぼす権利を与えられている。

その残酷な事実を凪沙に伝えていいのだろうかと苦悩する。

凪沙は、沈黙する雪菜を不思議そうに見つめて、

「古城君が吸血鬼の力を悪用しないように見張ってたんだよね？　古城君が女の子の血を吸っ

たりしないように、とか」

「そ……そうだね……」

雪菜のこめかみを、たらりと冷たい汗が伝った。

たしかに凪沙が語っている理屈は正しい。

しかし現実はそうそう理想どおりにはいかないのだ。

「あれ、どうして二人とも目を逸らすのかな？　まさかまさか古城君、雪菜ちゃんの血を吸ったりしてないよね？」

気まずげに視線を彷徨わせる古城に、凪沙が冷たく訊いてくる。

「ま、まさか……そんな、姫柊の血なんか吸うわけないだろ……はは」

古城は動揺を抑えつつ、ははは、と笑って誤魔化そうとした。

それを聞いた雪菜が、なぜかムッと唇を尖らせて、

「わたしの血なんか……ですか。そうですか……」

「え……」

雪菜が不機嫌になった理由がわからず古城は困惑する。話がややこしくなるから、そういうのは、また今度にして欲しい。

凪沙は目と目で会話している古城たちを、ふむ、と興味深そうに見つめた。

「ふーん……ねえ、古城君、知ってた？　吸血鬼になったせいなのかな、古城君って最近、嘘

をつくとき前髪がちょっと逆立つんだよね」

「え!? う、嘘だろ……!?」

やけにリアリティのある凪沙の指摘に、古城は思わず両手で前髪を押さえた。

なぜか最近、嘘がすぐにバレる気がしていたのだが、古城の演技力に問題があるのではなく、そのせいなのかもしれない、と思う。しかし――

「うん、嘘だよ」

凪沙は、あっさりと首を振った。そして感情を排した平坦な声で続ける。

「――だけど嘘つきは見つかったみたいだね」

「先輩……」

雪菜が絶望したように目元を覆った。こんな古典的な罠に引っかかる古城の間抜けさに、さすがに言葉をなくしているようだ。彼女のその反応で、古城も自らの失策に気づく。

「そっかそっか……凪沙に隠れて、雪菜ちゃんといつもそういうことしてたんだ。へー……」

むしろ感心したような勢いで、何度もうなずき続ける凪沙。

雪菜はわたわたと取り乱しながら両手を振って、

「ち、違うの……あれは非常事態というか……そう、輸血みたいなもので……」

「そ、そうなんだよ。マジで絃神島の危機を救うために仕方なく……それにいつもっていうか、姫柊とはせいぜい五、六回しか――」

「雪菜ちゃんとは？　じゃあ、ほかには誰とやったのかな？」

凪沙がきょとんと目を大きくして古城に訊いた。

「あ……」

古城は己の失言を悟って硬直し、雪菜が責めるような眼差しで古城を見る。

「浅葱ちゃんとは当然やってるとして、あとは、あの人かな。雪菜ちゃんの先輩の煌坂さん。アルディギアの王女様も怪しいよね。あとは優麻ちゃんと、まさか夏音ちゃんも……？」

古城がかつて吸血行為をともにした相手を、指折り数えながら言い当てていく凪沙。当てずっぽうとは思えないその正確さに古城は驚愕した。

「ちょっと待て、なんで知ってるんだ……⁉」

「適当に言ってみただけどあってたんだー……って、ちょっと、古城君⁉　どういうこと⁉　そんな手当たり次第に片っ端から、嫁入り前のよその娘さんたちの血とかおっぱいとかチュッパチュッパ吸ったりして！」

さすがに事ここに至っては作り笑いを維持することはできなかったらしく、凪沙は眉を吊り上げて憤慨した。しれっと最後に追加された罪状を、古城は慌てて否定する。

「おっぱいは吸ってねえよ！　吸ってない……よな？」

「いえ、それはわたしに訊かれても……」

古城に確認を求められた雪菜が、疑り深い表情で首を振った。雪菜にまで信用されていないという事実に、古城は軽く衝撃を受ける。

やっぱり、と凪沙は深々と溜息をついて、

「似たようなことはしてるんでしょ。なんなのもう、吸血鬼になったことを黙ってただけじゃなくて、妹の同級生とかにまでそんなうらやまし……いやらしいことをして！　もし雪菜ちゃんたちになにかあったらどう責任とるつもりなの⁉」

「せ、責任……？」

突きつけられた言葉の重さに、古城は、ぐっと言葉を詰まらせた。

たしかに吸血行為には、感染のリスクがつきまとう。血を吸った相手を、不老不死の擬似吸血鬼に変えてしまう可能性があるのだ。もしそうなってしまったら、その相手は〝血の伴侶〟として永遠に古城とともに生き続けることになる。老いることも死ぬことも出来ぬままに。

「責任……」

雪菜がぼそりと呟いて古城を見た。その眼差しが、どう取ってくれるんですか、と無言で訴えている。

そんな雪菜をたしなめるように、凪沙が冷静に指摘した。

「言っとくけど雪菜ちゃんも同罪だからね。古城君の監視役なんだよね」

「は、はい……」

そうですね、と雪菜が肩を落としてうつむいた。

はあ、と凪沙が大きな溜息をつく。

「あたしがいちばん怒ってるのは、そういう大事なことを二人があたしに隠してたことだよ」

「あ、ああ」

拗ねたような妹の呟きに、古城は罪の意識を感じながらうなずいた。

自分だけが真実を知らされなかったという疎外感。そしてこれまで古城の苦しみに気づかなかったという無力感。それが凪沙の怒りの真の正体なのだろう。

凪沙にそんな思いをさせてしまったのは、間違いなく古城の責任だった。

ただしそれは古城一人の罪だ。

「あのさ、おれが姫柊に頼んだんだ。凪沙には教えないでくれって。だから姫柊のことは責めないでやってくれないか」

古城が雪菜を庇って言った。

実際のところ雪菜には、自分や古城の正体を秘密にしておく理由はなかったのだ。それでも彼女が凪沙に黙っていてくれたのは、古城のわがままを聞き入れてくれただけでしかない。

兄としての威厳をかなぐり捨てて深々と頭を下げる古城を、凪沙は少し呆れたように見る。

「知ってるよ、そんなこと。魔族恐怖症のあたしを恐がらせないためでしょ」

「え？　おまえ……わかって……？」

古城はぽかんと間の抜けた表情で凪沙を見た。

小学生のころに魔族に襲われて重傷を負った凪沙は、今でも彼らに根強い苦手意識を抱いている。そんな彼女にとって、実の兄が吸血鬼になったという事実は、恐怖以外の何物でもないはずだ。それがわかっていたからこそ、古城は自分の正体を明かせずにいたのだ。

そして凪沙は、古城のその思いに最初から気づいていたのだという。

「だから余計に腹が立つんだよ。魔族恐怖症だからって、あたしが古城君のことを恐がったり嫌ったりするわけないでしょ⁉ どうして相談してくれなかったの⁉ 兄妹なんだよ！」

そう言って凪沙は、古城の胸をぐーで乱暴に殴りつけた。

「あー……そうか。そうだよな……」

しょせん中学生女子のへなちょこパンチだ。殴られたからといって、どうということはない。それなのに彼女の拳が触れた場所から、じんわりと鈍い痛みが広がっていく。

「それについては本当に俺が悪かったよ。すまん」

「わたしも……ずっと黙ってたこと、ごめんなさい」

古城と雪菜が神妙に頭を下げた。

凪沙のことを気遣っているつもりで、彼女を信じていなかったこと。そのせいで逆に彼女を傷つけてしまったこと――それをただひたすらにすまないと思う。

平身低頭する古城たちを、しかし凪沙は無表情に見下ろして、

「許さない」

無慈悲な口調で言い切った。

「――というわけで、二人には償いをしてもらいます」

「つ、償い？」

古城と雪菜が、おそるおそる顔を上げて凪沙を見る。

この状況で凪沙が怒るのは当然だし、なにを言われても仕方がないとは思うが、それだけに彼女がなにを言い出すのか予想できずに恐ろしい。

凪沙は、捕らえた獲物をいたぶる猫のように、小さく舌舐めずりすると、

「まず雪菜ちゃんは、お詫びとして今度アイスを奢って。るる家のチョコミント三段重ね」

「ア、アイス……」

雪菜は一瞬なにを言われたのかわからないというふうに目を瞬き、じわじわと安堵の笑みを浮かべた。仲直りのためにアイスを一緒に食べに行こう、と凪沙は遠回しにそう言ったのだ。

「うん。必ず」

力強くうなずく雪菜を見て、凪沙も少しだけ満足そうに笑う。

次に凪沙はジロリと古城に目を向けた。

緊張に身を硬くする古城に、ビシッと人差し指を突きつける。

「古城君にはお寿司をごちそうしてもらいます。イクラとウニと大トロ食べ放題。今からね」

「寿司⁉」

古城は声を上擦(うわず)らせてうめいた。

凪沙の寛大な処置に不満はない。たしかに不満はないのだが、それにしてもアイスと寿司では、予算に開きがありすぎるのではないかと思う。

「もちろん代金は古城君の来月分のお小遣いから引いておくから」

「ええ!?」

凪沙の容赦(ようしゃ)ない追撃に、古城は思わず天を仰(あお)いだ。

それにしてもチョコミントアイスとイクラ——どこかで聞いたような組み合わせだ。

「……おまえ、やっぱり食べ物のことで怒ってたんじゃ……」

どこか納得いかない、というふうに、頬杖(ほおづえ)を突きながら独(ひと)りごちる古城。

「なにか言った、古城君?」

凪沙はそんな古城を澄まし顔で見つめて訊き返す。

「……いや」

べつに、と古城は笑って肩をすくめた。

事情はどうあれ、凪沙の言うことに古城が逆らえるはずもないのだ。

なにしろ彼女は、世界最強の吸血鬼である第四真祖(だいよんしんそ)ですら唯一頭が上がらない妹で、それはつまり世界最強の妹ということなのだから。

「さあ、行くよ、古城君、雪菜ちゃん。早く早く」

お寿司お寿司、と無邪気にはしゃぎながら、凪沙が外出の準備を始める。

それを眺めて、古城と雪菜は、どちらからともなく微苦笑を洩らした。

こうして、最後に残った最強の敵と第四真祖の和解が成立し、絃神島を襲った真祖大戦は、今度こそ本当の意味で終わりを迎えたのだった。

第十一話
Wrong Baggage

「こ、これはいったい……」

ビーチバッグから取り出した水着を眺めて、姫柊雪菜は呆然と呟いた。

真紅のフリルで縁取られた細いビキニだ。

しっかりとした生地や縫製の具合から、かなりの高級品だとわかる。

だが、布面積の少ない大胆なデザインだった。正直、大胆過ぎるほどに。

「雪菜ちゃん、どうかした？」

同室の暁凪沙が、ベッドの上で軽く飛び跳ねながら訊いてくる。彼女はすでに着替えを終えて、浮き輪を膨らませているところだった。

「ううん、なんでもないの。なんでもない」

咄嗟に水着をバッグの中に戻して、雪菜はぶるぶると首を振る。

「そう？」と凪沙は小首を傾げて、「いやでも、すごいね。夏音ちゃんの親戚のラ・フォリアさん。こんな豪華な別荘に招待してくれるなんて。プライベートビーチ、楽しみだねえ」

「う、うん、そうだね」

「でも雪菜ちゃん、本当にあの水着でよかったの？　学校の授業じゃないんだし、競泳水着はさすがに地味すぎない？　せっかくスタイルいいのにもったいないと思うなあ。浅葱ちゃんなんてきっと気合い入れてお洒落してくるよ。古城君を悩殺する過激な水着とか着てくるかも」

凪沙が何気なく口にした〝過激な水着〟という言葉に、雪菜がビクッと肩を震わせた。

「まあいいや。私、先に外に行ってるね。気が変わったらいつでも言って」

早口で言い残して出て行く凪沙を見送り、雪菜は再び頭を抱える。

アルディギア王国のラ・フォリア王女に、別荘に誘われたのは先週のことだ。

行き先は絃神島から飛行機で約四時間。水上コテージで有名な太平洋上の保養地である。

旅行に備えて雪菜たちは、新しい水着を用意した。絃神島の有名デパートまでわざわざ買いに行ったのだ。

色とりどりの商品の中から、雪菜が選んだのはシンプルな競泳水着だった。

なのに現在、雪菜のバッグに入っていたのは、過激な真紅のビキニである。

原因はおそらくこのビーチバッグだ。水着を買ったときについてきたデパートのオリジナルバッグ。絃神島の街中や空港で、これと同じものをよく見かけた。おそらく見知らぬ誰かのバッグと、どこかで取り違えてしまったのだろう。確認を怠った雪菜のミスだった。

今となっては、雪菜の水着がどこに行ってしまったのかはわからない。

だが幸いなことに、ここはビーチリゾートだ。売店に行けば新しい水着が簡単に手に入る。

そう思って雪菜がさっそく部屋を出ようとしたとき、ふと脳裏に凪沙の言葉が甦った。

古城君を悩殺する過激な水着とか着てくるかも――

「……し、試着くらいはしてみようかな。一度も着ないで捨てるのは、もったいないし」

自分に言い訳するように独りごち、雪菜は真紅のビキニを手に取った。

誰も見られていないことを確認し、こっそりそれを身に着けてみる。伸縮性のある生地は、思いのほか雪菜の身体にぴったりと馴染んだ。

試着を終えた雪菜は、緊張気味に鏡の前に立ち、

「こ、これは予想以上に……」

想像を上回る露出度の高さに、雪菜はたまらず赤面した。

こんな恥ずかしい恰好で、人前に出るなど考えられない。しかしさすがに高級品だけあって、着用者のスタイルを引き立てるデザインだ。実際よりも胸も大きく見えたりする。

満更でもない、というふうに、雪菜はそんな自分の姿に見とれて――

コテージのドアが突然ノックされたのは、その直後のことだった。

「雪菜ちゃん、着替え、終わった？　開けるよー？」

「っ⁉」

雪菜の全身が固まった。驚きのあまり声が出ない。

「わ⁉　雪菜ちゃん、どうしたの、そのビキニ⁉」

部屋の中に入ってきた凪沙が、雪菜の水着を見て目を丸くする。

「すごい、大胆！　でも、可愛い！」

「ち、違うの！」

胸元を覆い隠しながら、雪菜が必死で首を振る。

「これは、わたしの水着じゃなくて、誰かが間違えて、ただの試着で――」

「でも似合ってるよ。ね、古城君もそう思うよね？」

そう言って凪沙が背後を振り返る。

そこに立っていたのは、雪菜の監視対象である少年――〝第四真祖〟暁古城だ。

「せ、先輩……!?」

雪菜は凍りついたように動きを止めている。

古城はそんな雪菜の姿を、特に興味もなさそうに一瞥すると、

「おー……いいんじゃねーの。べつに変じゃないと思うぞ」

「ち、違っ……違うんです、先輩。これはそういうんじゃなくて……違うんです……！」

「そうやって隠してると、逆にエロく見えるよ。自然な感じで、堂々としてなきゃ」

凪沙が無責任な口調で言いながら、花瓶に生けてあったハイビスカスを一輪、雪菜の髪に飾ってくれる。今さら水着を着替えたいなどとは、とても言い出せない雰囲気だ。

せめて上にTシャツだけでも、と雪菜は荷物を漁ろうとするが、

「じゃあ、鍵、閉めちゃうね。古城君、浮き輪持って。雪菜ちゃんも行こ。海の水、ちょー綺麗だったよ。砂浜も。ほら、早く早く！」

凪沙に無理やり背中を押されて、コテージの外に連れ出される雪菜。幸いプライベートビーチにほかの客の姿はない。驚くほど澄んだ遠浅の海が、見渡す限り広がっているだけだ。

「本当に水着、変じゃないですか？」

雪菜はコソコソと物陰に隠れながら、古城を不安そうに見上げて訊く。

「ん？　ああ、可愛いし似合ってると思うぞ。つか、姫柊、肌白いなー」

「あ、あんまり見ないでください……いやらしい……」

雪菜は頬を赤らめながら小声で呟き、古城の背中に隠れるようにぴったりと寄り添った。

†

「ユスティナ・カタヤ要撃騎士――」

同じころ、アルディギア王女ラ・フォリア・リハヴァインは、部下である銀髪の女性騎士に怪訝な眼差しを向けていた。

ラ・フォリアの手に握られているのは、学校指定といわれても通用しそうな紺一色の地味な競泳用水着である。

「この水着はいったいどういうことです？　わたくしは、古城を悩殺するに足る大胆かつ清楚で上品な水着を用意せよ、とあなたに命じたはずですが？」

「輸送中の手違いで、中身が入れ替わっていた模様です」

ユスティナが真面目な口調で返答した。

「ですが、殿下。ご安心ください。日本には〝ギャップ萌え〟という言葉がございます」

「ギャップ萌え……つまり、わたくしのような異国の王族が、高級リゾートにおいて、あえて日常的で見慣れたスクール水着を着ることによって驚きと親近感を与え、古城にわたくしの魅力を再認識させるという戦略なのですね。ですが、それには足りないものがあるのでは？」

「スク水用のゼッケンの準備でしたら、すでにこちらに――」

ひらがなで〝りはばいん〟と書かれたゼッケンを、ユスティナが恭しく王女に差し出した。

サイズの合わないパツパツの競泳水着を着たラ・フォリアを見て古城が鼻血を噴き、王家のプライベートビーチが朱に染まるのは、それから間もなくのことである。

# 第十二話
## 第四真祖、美容院に行く

「すみません、先輩。美容院につき合ってもらってしまって」

獅子王機関から派遣されてきた第四真祖の監視者――姫柊雪菜は、こじゃれた美容院の入り口前で、やや緊張気味にそう言った。

彼女の監視対象であるところの少年、暁古城は、いや、と気怠い表情で首を振り、

「まあ、それくらいはべつにいいよ。俺もそろそろ髪が鬱陶しくなってきたとこだったし。最近の美容院は男の客も多いしな」

「本当は、前髪くらいは自分で切ろうと思ってたんですけど……」

そう言って雪菜は、睫毛にかかる前髪に触れる。いやいや、と古城は顔をしかめて、

「だからって、あんなごっついコンバットナイフで髪を切ろうとするのはやめてくれ。学校で見かけたときにはびびったぞ」

「いちおう昨日磨いだばかりのナイフだったので」

「いや、べつにナイフの切れ味を心配してるわけじゃねーから……」

どことなくズレた雪菜の回答を聞きながら、古城は美容院のドアをくぐる。

「いらっしゃいませ、ご予約の暁様と姫柊様ですね」

人懐こく微笑みながら、男女の美容師がそれぞれ古城と雪菜を席へと案内した。美容院慣れしていない雪菜は、緊張気味に鏡の前に座り、ぎこちない口調で希望の長さをオーダーする。

「その制服、彩海学園ですよね。お二人はどういう関係なんですか？」

洗髪を終えた雪菜に訊いたのは、彼女を担当している女性美容師だった。

突然の質問に焦った雪菜は、かすかに声を上擦らせ、

「え……と、わたしは、その、先輩の監視役で……」

「は？　監視役？」

雪菜の髪を梳こうとしていた美容師の動きが一瞬止まる。

隣の席でそれを聞いていた古城は、慌てて二人の会話に割りこんで、

「や、違うんです。その子はうちの妹の同級生なんで、妹に俺の世話を頼まれてて――」

「あ、ああ……なるほどね」

古城の言い訳に納得したのか、美容師たちは安堵の混じった吐息を洩らした。古城担当の男性美容師が、気まずい雰囲気をフォローするように微笑んで、

「いやでも可愛い彼女さんだよね。最近は彼女に美容院に連れてこられる男の子も多いからね」

「え？　いや、姫柊は彼女じゃないっすよ」

古城が美容師の勘違いを、間髪容れずに訂正する。男性美容師は意外そうに眉を上げ、

「あれ、そうなの？」

「違います違います。そういうのとは、もう全然」

迷いのない口調で断固として否定する古城。

なにせ雪菜は、あくまでも獅子王機関の任務で、世界最強の吸血鬼であるところの古城を監

視しているのだ。雪菜自身がそう言っているのだから間違いない。

しかしその雪菜本人は、彼女ではないと主張する古城を、なぜか恨みがましく睨みつつ、

「全然ですか……そうですか……！」

ぼそぼそと口の中で低く繰り返す。雪菜の背中から立ち上る不機嫌なオーラに、担当の女性美容師が頬を引き攣らせた。

「で……でも一緒に髪を切りに来たってことは、なにか理由があったんでしょ？」

「あ、はい。わたしはあの人から目を離すわけにはいかないので」

「へ、へえ……そうなんだ」

雪菜の前髪を長さを確認しながら、曖昧な相槌を打つ女性美容師。

一方、古城担当の男性美容師は、古城の耳元で声を潜めながら、

「あの子、もしかしてわりと束縛するタイプ？」

「そっすね。束縛するタイプというか、つきまとうタイプというか」

「ああ、ストーカー系なんだ。なるほどね」

「そうなんです。わかってもらえます？」

思わぬ理解者の出現に、少し気をよくして古城が言う。

その会話を聞いた女性美容師は、ええー、と雪菜を擁護するように首を傾げて、

「それって彼氏さんが浮気性だからじゃないんですか？　ねえ？」

「そうなんです！」

　雪菜は勢いよくうなずいた。

「わたしが見てないと、すぐにほかの女の子の血を吸っ――いいえ、いやらしいことをしたりする人なので」

「ちょっと待てェ！」

　古城がすぐさま反論する。

「あれは俺だけのせいじゃなくて、いろいろ仕方なかっただろ！　ただの不可抗力だって！」

「だからって、わたしや紗矢華さんだけならまだしも、グレンダさんや夏音ちゃんにまで手を出すことないじゃないですか！」

「うわあ……」

　そんな大勢手を出しているのか、と美容師たちが蔑むような視線を古城に向けてくる。誤解だ、と古城は必死で首を振り、

「いや、違うんです！　浮気とかそういうことじゃないんで、いやほんとに！」

「そうですね……どうせわたしは彼女じゃないですし。全然ですし……」

　つん、と拗ねたような表情で目を逸らす雪菜。

　二人のそんな険悪な姿に、美容師たちは困ったように顔を見合わせた。

「はい。お二人ともお疲れさまでした」

ギスギスとした雰囲気のまま時間は過ぎ、カットを終えた古城と雪菜は支払いへと向かった。

レジを担当した女性美容師は、二人分の料金を計算しながら、ふとなにかを思い出したように古城を見る。

「そういえば、二人って本当につき合ってないの？」

「あ、はい。そうですけど……」

古城が訝しげに眉を寄せる。それは残念、と女性美容師は小さく肩をすくめて、

「うちの店、こういう制度があるんだけどな」

そう言って彼女は壁のポスターを指さした。古城は戸惑いながら目を細め、

「カップル割引……？」

「そ。夫婦や恋人同士で一緒にカットに来たお客様は、二人目の料金半額なの」

女性美容師が悪戯っぽく唇を吊り上げて、古城たちを試すように眺めてくる。

料金半額、という言葉を聞いた、古城の反応は劇的だった。隣にいた雪菜の肩をいきなり抱き寄せて、力強く断言する。

「すみません。うちの彼女です」

「……っ⁉」

雪菜は目を丸くして固まった。頬を真っ赤に染めながら、あわあわ、と言葉にならない焦り

の声を出す。密着した古城の横顔を、雪菜は困惑の眼差しで見上げるが、自分の肩を抱く彼の手を振り払おうとはしなかった。

「わかりました。じゃあ、そういうことで割引しておきますね」

笑いをこらえているような表情の美容師に見送られ、古城と雪菜は店を出る。

「先輩――」

無言で駅に向かって歩いていた雪菜が、半眼になって古城を見上げてくる。

古城は短くなった髪をガリガリとかきながら、

「なんだよ、悪かったよ。勝手に彼女呼ばわりして」

まったく、と雪菜が呆れたように溜息をついた。そして彼女はどこか不安げな、それでいてなにかを期待しているような、ウズウズとした表情で古城を見つめ、

「ほかになにかわたしに言うことはないんですか？」

べつになにも、と危うく言いかけた古城は、雪菜の表情を見てハッと気づく。

やれやれ、と微苦笑を洩らしながら、古城は少し照れたように目を逸らし、

「あー……その髪型、似合ってるぞ」

殊更にぶっきらぼうな古城の言葉を聞いて、雪菜は華やかな微笑を浮かべた。

「ふふっ。じゃあ、今回は許してあげます」

夕陽に赤く頬を染めながら、雪菜が冗談めかした口調で言う。

ほんの少しだけ短くなった彼女の後ろ髪が、〝魔族特区〟の海風に乗って、羽根のようにふわりと舞っている。

第十三話
Fake Glasses

放課後のグラウンドの片隅で、バスケ部員が3×3の練習をしている。無邪気に笑い合っている。

遠巻きにそれを見ている女子生徒たちが、それぞれ目当ての男子に手を振りつつ、無邪気に笑い合っている。

彩海学園中等部の藍羽浅葱は、地味なストレートの黒髪を風になびかせながら、その風景をぼんやりと眺めていた。

「おー……また古城が目当ての女子が増えてんのか。さすがバスケ部のエース。モテますなあ」

浅葱に近づいてきた矢瀬基樹が、グラウンドに目を向けて皮肉っぽく笑う。この男もいちおうバスケ部員のはずだが、堂々と練習をサボっているらしい。

そんな矢瀬とは対照的に、練習中の部員たちの中でも際立って目立っているのが、浅葱たちのクラスメイトの暁古城だった。

授業中のぼんやりした態度が嘘のように、彼はコート内を縦横無尽に駆け回り、芸術的なゴールを連発している。観客の女子のほとんども、彼を見るために集まっているのだ。

「馬鹿みたい。あんな運動神経しか能がない脳筋シスコン野郎のどこがいいのかしらね」

浅葱が不機嫌な声でぼそりと呟いた。矢瀬は、浅葱の横顔を面白そうに眺めて、

「自分の胸に訊いてみたらいいんじゃね？」

「は……？」

浅葱が横目で冷ややかに睨むと、矢瀬は素知らぬ顔で目を逸らした。

保育園時代からの知り合いということもあり、矢瀬は、しばしば浅葱の内心を見透かしたような態度を取る。そのことが浅葱にはひどく不満だ。

そんな矢瀬が、不意に顔をしかめた。少し遅れて浅葱たちの背後から、見知らぬ上級生同士の会話が聞こえてくる。

「ほら、あれ。噂の市長の娘」

「ああ、知ってる。いいよね。美人で金持ちで」

「でも、地味じゃん。だっさい眼鏡。模試で全国トップだかなんだか知らないけどさー」

声を潜めてはいるものの、それが自分に向けた会話だということは浅葱にもわかった。わざとらしい悪意の滲む声だった。

「気にすんな。ありゃ、ひがんでるだけだから」

上級生たちが通り過ぎた直後、矢瀬が浅葱を気遣うように言う。

浅葱は無言で肩をすくめた。あの程度の嫌味には慣れっこだ。

自分が目立つ存在であることを、浅葱は十分に自覚していた。大人びた端整な顔立ちは伊達眼鏡をかけていても人目を惹いたし、試験の成績が飛び抜けて優れているのも事実だ。

そしてなにより、市長の娘というレッテルが大きい。

なにしろ現在の絃神市長は、汚職問題で大いに世間を騒がせているからだ。浅葱自身はなるべくひっそりと過ごしているつもりだが、周囲はそうは見てくれない。

「本当、馬鹿みたい」

浅葱は溜息まじりに独りごちた。そしてふと背後に視線を向ける。

通り過ぎた上級生たちと入れ替わるように、誰かが近づいてくる気配がしたからだ。

「藍羽先輩」

浅葱に声をかけてきたのは、制服を可愛らしく着崩した小柄な後輩だった。

華やかな髪型に、細い眉。盛りまくった睫毛とつややかな唇。頑張ってお洒落しましたという雰囲気を、全身から躊躇なく撒き散らしている。正直、浅葱の苦手なタイプだ。

「藍羽浅葱先輩ですよね。ちょっと訊きたいことがあるんですけど、いいですか？」

「……えっと、誰？」

少女を見返して、浅葱が訊いた。

名前を知らない相手ではあったが、彼女の顔には見覚えがあった。バスケの練習をしている古城を、やけに熱心に見つめていた女子の一人だ。

「先輩って、バスケ部の暁先輩とつき合ってるんですか？」

浅葱の質問を無視して、少女が一方的に訊いてくる。

浅葱はうんざりしたように唇を歪めた。

「あたしが、古城と？　ないない。そんなんじゃないし」

「でも、こないだも二人で病院に来てましたよね？」

少女がなおも食い下がる。浅葱は記憶を辿(たど)るように首を傾(かし)げて、

「病院？　ああ……あれはお見舞いに行っただけ。古城の妹はあたしの友達だから」

「本当にお二人はつき合ってないんですか？　だったら、あたしが告白してもいいですよね？」

どこか挑戦的な表情で、少女が浅葱を見つめてきた。

浅葱は呆(あき)れたように息を吐く。

「好きにすれば？」

「はい、そうします！」

少女は勢いよく頭を下げた。そして彼女は、路上の石ころを見るような視線を矢瀬(やぜ)に向けて、ぺこりと会釈。そのまま逃げるように立ち去っていく。

「可愛い子だったな」

少女の後ろ姿を見送って、矢瀬が雑な感想を口にした。浅葱はそんな矢瀬を冷たく見返して、

「ふーん。ああいうのが好きなんだ？　例の先輩はもういいの？」

「いやいや、そういうことじゃなくて。可愛かっただろ、制服とか、髪型とか。好きな相手を振り向かせようと精いっぱいお洒落して」

「ただの校則違反じゃん」

浅葱は自分でも不思議なくらい苛立(いらだ)ってそう吐き捨てる。

矢瀬はやれやれと頭をかき、そしてぼそりと真顔で言った。

「まあなー……だけど、気になるな。あの子の心臓の音……」

「え……？」

矢瀬の無意識の呟きに浅葱はハッと顔を上げた。

そしてなにかに気づいたように、バッグの中のスマホに手を伸ばす。

†

浅葱の自宅は、人工島西地区の高台に建つ一軒家だった。

本来は閑静な高級住宅地と呼ばれるエリアだが、今日に限っては、通りがやけに騒がしい。取材に訪れた報道関係者が、浅葱の自宅を取り囲んでいるのだ。ごついテレビカメラも何台か見える。まるで屍肉に群がるハイエナのようだ。

その報道関係者の何人かが、立ち竦む浅葱に気づいて振り返った。

まずい、と浅葱が思ったときにはもう手遅れだった。カメラのレンズが一斉にこちらを向き、記者たちが浅葱に向かって走り出す。

だが、そんな彼らを遮るように、一台の車が突っ込んできて浅葱の前に停まった。黒塗りの高級乗用車だ。運転席の窓が開き、ハンドルを握っていた妙齢の女性が鋭く叫ぶ。

「乗って、浅葱さん」

「菫さん……!?」

浅葱は驚きながらも後部座席のドアを開け、車の中に転がりこんだ。

ドアが閉まるのを確認すると同時に、運転手は車を発進させる。凄まじい急加速でありながらそれを感じさせない、驚くほどなめらかなアクセルワークだった。

「もう運転して大丈夫なんですか？」

浅葱が運転手の女性に訊いた。雨瀬菫は、浅葱の父親と契約している要人警護サービス会社の社員だった。ハウスキーパーとしても有能で、昨年、母親を亡くしたばかりの浅葱にとっては——多少複雑な心境ではあるものの、なにかと頼りになる存在でもある。

「はい。最近の防弾チョッキは優秀ですね」

菫が左肩を押さえてにっこりと笑う。

一昨日、公務中に暴漢に襲われた浅葱の父親を庇って、彼女は拳銃で撃たれたのだ。本来なら、まだハンドルを握るのもつらいはずである。

しかし菫は、苦痛の影をみせずに笑ってみせた。

「この騒ぎも今夜には収まりますよ。もうすぐ人工島管理公社の特捜部の記者会見がありますから。横領事件の真犯人と、でっち上げに協力した記者も逮捕されました。お父様が汚職に関与したという疑惑は、これでひとまず晴れるかと」

浅葱を安心させるように、菫が真面目な口調で説明する。

でも本当は関与してたんでしょう、と言いかけて、浅葱はその言葉を呑みこんだ。

世の中が、綺麗事だけで回ると信じられるほど、浅葱は純粋でも幼くもない。

「菫さんは、父と結婚するんですか？」

代わりに浅葱は、少し意地悪な口調で訊いた。

「そうですね。そうできたらいいと思ってますけど」

菫が困ったように微笑んだ。

思いがけず素直な彼女の返事に、浅葱は毒気を抜かれた気分になる。

彼女が浅葱の父親と恋仲であることは、浅葱の目にはバレバレだ。母親を亡くして間もない娘としては受け入れがたい事実だが、一方で、菫のことが嫌いになりきれない自分もいた。

彼女が浅葱を気遣ってくれているのは痛いほどわかるし、なにより彼女は、父親の命の恩人なのだ。

「あんな人のどこがいいんですか？　歳だし、バツイチだし、そこら中、政敵だらけだし」

浅葱が拗ねたように顔を背けて言った。菫は、ふふっと楽しそうに笑う。

海沿いの道を走る車を、夕陽が照らしている。菫は、赤く染まった人工島の景色を眺めて、少し恥ずかしそうに口を開く。

「私はこの島が好きなんです。人と魔族が共存してるこの島が」

「え？」

「だから、この島を守るために戦っている、あの人の力になりたいんです。あの人が安心して帰れる場所を守りたい」

驚く浅葱をルームミラー越しに見つめて、菫は柔らかく微笑んだ。

「――あなたのことですよ、浅葱さん」

†

翌朝。自分の病室に突然現れた浅葱を見て、パジャマ姿の少女は、しばらく硬直して動きを止めていた。ラフなお団子ヘアにノーメイクだが、間違いなく、昨日グラウンドで浅葱に声をかけてきた少女だった。

「あ、藍羽先輩⁉」

ようやく声を出せるようになった少女が、頰を赤らめながら頭を抱える。

「ちょ……どうして、ここに⁉　やだ、あたし、髪ボサボサ……」

懸命に前髪を整え始めた少女を眺めて、浅葱はこっそりと苦笑した。

同時に少しだけ感心する。たしかに矢瀬が言っていたとおり、一生懸命な彼女は可愛いかもしれない。プライドだけ高い意地っ張りな自分なんかよりも、ずっと。

「あたしと古城が病院に来た、ってあなたが言ったときに、少しおかしいと思ったのよね」

ベッドの上の少女を見つめて、浅葱が言った。

彼女は、浅葱が、古城と一緒に暁凪沙の見舞いに訪れたことを知っていた。

つまり彼女も病院にいたのだ。浅葱たちを待ち受ける側——すなわち入院患者の一人として。

「あなたのことをちょっと調べさせてもらったわ、デルフィーヌ・櫻子・ディディエ。それとも、〝電気仕掛けの恋人〟と呼んだほうがいい？」

華やかな赤髪の少女を見つめて、浅葱が訊いた。

少女のベッドのサイドテーブルには、着替えや雑誌などの私物にまぎれて一台のパソコンが置かれている。十代の少女の持ち物とは思えない、フルカスタマイズの特注品だった。欧州ディディエ重工製の最新型だ。

「あはは……ディディエ重工のエリートチャイルドの素性をあっさり見抜いてしまいますか。さすが〝電子の女帝〟ですね」

少女が、降参したというふうに肩をすくめた。〝電気仕掛けの恋人〟は、人工島管理公社が契約しているサイバー戦担当の技術者だ。ウイルス攻撃を得意とする凶悪なハッカーの正体が、彼女のような年若い少女だったのは、同業者である浅葱にとっても驚きだった。彼女はまさしく浅葱の〝後輩〟だったのだ。

「その呼び方、恥ずかしいからやめて欲しいんだけど」

浅葱が唇を尖らせて抗議する。

人工島管理公社のサーバーを外敵の侵入から守っているうちに、いつの間にか伝説的なハッカーとして祭り上げられてしまったが、浅葱としては単に割のいいアルバイトをこなしていたという感覚しかない。〝女帝〟などという仰々しい渾名で呼ばれるのは不本意だ。

それよりも問題は櫻子だった。軍事企業所属のハッカーである彼女が、理由もなく同業者に接触を試みるとは思えない。なにか目的があると考えるのが自然である。

「正体がバレる危険を冒してまで、あたしに会いに来たのはなぜ？　事と次第によっては――」

浅葱が、手の中でスマホをもてあそびながら言った。島内の情報ネットワークを隅々まで掌握している浅葱にとって、絃神島は浅葱の武器も同然だ。その気になれば、クリックひとつで櫻子を抹殺することすら不可能ではない。

そんな物騒なことを考えている浅葱を、櫻子は緊張した面持ちで見上げていた。そして意を決したように息を吸い、浅葱の目を見てはっきりと告げる。

「あ……あの、その……す……好きです、藍羽先輩！」

「……は？」

浅葱はぽかんと目を丸くして固まった。一瞬、自分がなにを言われたのかわからなかった。

「ちょ、ちょっと待って。告白って、あ、あたしに⁉」

「はい。告白しても大丈夫って言ってくれましたよね。暁先輩とはつき合ってないって」

なにか吹っ切れたかのように、パジャマ姿の櫻子がぐいぐいと浅葱に迫ってくる。彼女が浅葱に突きつけてくるのは、やたら不細工なぬいぐるみだ。

「ずっと先輩に憧れていたんです。これ、去年のバレンタインにお渡しできなかったプレゼントです！」

「グ、グラウンドで古城のことを見てたのは……!?」

「あの人は、私の敵です。藍羽先輩の好きな人ですから！」

「え、と……ご、ごめん」

櫻子の勢いに気圧されながらも、浅葱ははっきりと首を振った。

突きつけていたぬいぐるみを下ろして、櫻子は、へへ、と頼りなく笑う。

「いいんです。わかってましたから」

ついさっきまでの怒濤の勢いが嘘のように、櫻子は静かに姿勢を戻した。そして晴れやかな表情で浅葱を見上げて息を吐く。

「最後に藍羽先輩に告白できてすっきりしました」

「最後？」

「私、本国に送還されることになったんです。無理な強化がたたって、ちょっと全身ボロボロなので、再調整に」

櫻子は他人事のように平然と告白した。

　ディディエ重工のエリートチャイルドは、呪術操作で思考速度や演算能力を極限まで高めた、一種の強化人間だ。特にサイバー戦に高い適性を示すが、その一方で、脳細胞や神経、内分泌系にかかる負担が大きく、特に古い世代のチャイルドは身体が弱い。

　櫻子もそのような旧世代のチャイルドの一人なのだろう。

　彩海学園の生徒である彼女のことを浅葱がこれまで知らなかったのも、おそらく櫻子が入退院を繰り返して、学校にあまり来ていなかったせいだ。

「あたしの代わりに妹が——第三世代のチャイルドが、絃神島に来ることになってます。面白い子だから、仲良くしてあげてください」

「ん……気が向いたらね」

　浅葱は素っ気なく答えて微笑んだ。それからふと櫻子が抱いているぬいぐるみに目を留める。

「ねえ。それ、やっぱりもらっていいかな？」

「はい！　もちろん！」

　櫻子がパッと表情を明るくして、ぬいぐるみを差し出してきた。

　浅葱はそれを受け取って苦笑する。間近でみてもやはり不細工なぬいぐるみだ。

　櫻子が、どうしてこんなものをプレゼントにしようと思ったのかわからない。だが、浅葱はなぜかそれが気に入った。どこか心惹かれる不細工さだ。

「ありがと。預かっとくから、また元気になったら取りに来てよ」

「はい！　必ず！」

櫻子が力一杯うなずいたとき、ちょうど病室に看護師が入ってきた。回診の時間になったらしい。追い出されるように病室を出て行きながら、浅葱は最後に振り返って質問する。

「ああ、そうだ。この子の名前は？」

櫻子は、浅葱が抱いているぬいぐるみを見つめて目を細め、少し恥ずかしそうにその名前を告げた。

†

『よう……どうしたんだ、嬢ちゃん？』

不細工なぬいぐるみを模した３ＤＣＧが、画面の中からやけに人間臭く話しかけてくる。浅葱がプログラムした人工知能のアバタ――〝モグワイ〟だ。

「なんでもないわよ。昔のことをちょっと思い出してただけ」

浅葱は、手元の赤い伊達眼鏡を眺めて小さく舌を出す。

あの日、病院からの帰り道、浅葱は美容院に立ち寄って流行りの髪型に変えた。伊達眼鏡で顔を隠すのをやめて、メイクの練習もした。そんな浅葱を見ても古城はまったく態度を変えず、家庭内でなにかあったのか、などと的外れな心配をしてくれたりもした。それを隣で見ていた矢瀬が、訳知り顔でニヤニヤと笑っていたのがムカついた。

浅葱が伊達眼鏡をかけるのは、そのとき以来だ。ただし今度は顔を隠すためではなく、その逆だ。これは自分を大人っぽく見せるための武器として用意した小道具だった。

なにしろ浅葱は、これから全世界に戦争を売らなければならないのだから。

『女帝どの。準備オーケーでござる』

クルーズ船〝オシアナス・グレイヴII〟の船内に設けられた特設放送スタジオ。有脚戦車に乗ったリディアーヌ・ディディエが、放送用のテレビカメラを構えて言った。

浅葱は、藍羽菫の言葉を、なぜか不意に思い出す。

この島を守るために戦っている、あの人の力になりたい——と彼女は言った。好きな相手が帰る場所を守りたいのだと。

今の浅葱には、菫の気持ちがよくわかる。継母が浅葱の父親の帰るべき場所を守ろうとしたように、浅葱は古城の居場所を守るのだ。

たとえ世界中を敵に回しても。

「絃神市民の皆様、こんばんは——」

眼鏡越しにカメラを見つめて、浅葱は静かに語り出す。

聖域条約機構に対する宣戦布告。真祖大戦の始まりを告げる言葉を——

第十四話
普通の私の特別な……

学校帰りの気怠い午後。何気なく立ち寄ったコンビニで、私は一枚のチラシに目を留めた。

あざやかな黄色と赤に縁取られた、『ハッピーバースデー』のロゴタイプ。どうやら今日は、この店の人気商品のイメージキャラクター、〝からあげ姫〟の誕生日らしい。

発売十周年を記念しての、からあげ全品一個増量。ポイント二倍。さらにはからあげ購入者先着三十名に、特製キーホルダーをプレゼント。そんな手書きの宣伝文句を眺めながら、私は小さく苦笑した。からあげですらこれほど大々的に誕生日を祝ってもらえるというのに、私ときたら――どこか僻みっぽい気分でそう思う。

「え……と、お客さん？」

戸惑ったような声で呼びかけられて、私はのろのろと顔を上げた。

雑然としたレジカウンター越しに、愛想笑いを浮かべた店員と目が合った。まだ若い男性店員だ。たぶん私と同年代くらい。高校生のアルバイトなのかもしれない。慣れない労働で疲れているのか、覇気のない彼の表情に、勝手に仲間意識を感じて好感を抱く。彼はきっと私の同類。からあげ姫にもなれない、その他大勢の一人だから。

「すみません、おいくらでしたか？」

自分が支払いの途中だったことを思い出し、私は財布を取り出した。若い店員が少しホッとしたように、合計金額を読み上げてくれる。

「二点で四百六十二円ッス。ポイントカードをお持ちでしたら――」

「あ、はい」

ありますと告げながら私は彼に商品の代金を手渡した。ほんの一瞬、からあげ姫を追加で購入するべきか迷う。特にからあげが食べたいわけではなかったけれど、特製キーホルダーには少しだけ心が惹かれた。なにか記念になるものが欲しかったのかもしれない。

　しかし結局なにも言わずに、私は商品とポイントカードを受け取って店を出た。その数秒後、さっきの若い店員が慌てて店を飛び出してくる。

「お客さん、お釣り！　お釣り！」

「あ……すみません」

　私は頬を赤らめながら、店員が差し出してくる小銭を受け取った。店員の大声に反応して、近くの交差点にいた人々が私たちに視線を向けてくる。だがそれも一瞬のことだった。

　話題にもならない、ありふれた失敗。そう判断して、彼らはすぐに私たちから目を逸らす。そのことが無性に恥ずかしかった。しょせんおまえたちはその程度だと、彼らに心の中で笑われているような気がした。

　照れたように頭をかきながら店内に戻っていく若い店員を、私はぼんやりと見送った。彼の背中は最初に見たときよりも、さらに疲れて頼りなく見えた。お釣りを私に渡し忘れたことを、反省しているのかもしれない。なんとなく申し訳ない気分になる。

　どんよりとした感情を引きずりながら、私は逃げるようにその場を離れた。

見知らぬ少女とすれ違ったのはそのときだ。

彩海学園の制服を着た小柄な少女だった。バンドの練習にでも行く途中なのか、黒いギターケースを背負っている。

しかしなによりも私の目を惹いたのは、彼女の恐ろしく端整な横顔だ。

黒絹のように艶やかな髪。白い肌。意志の強そうな大きな瞳。私だってそれなりに外見には気を遣っているつもりだったけれど、比較する気も起きないくらいに彼女は圧倒的だった。

彼女は私のようなその他大勢とは違う。あの人と同じ選ばれた側の人間だ。

「…………」

ギターケースの少女は、強い陽射しを避けるように店の軒下に佇んだまま、壁のポスターを眺めている。警察からの注意喚起と情報提供を求める張り紙だった。

印刷されているのは、三人の少女の顔写真。ここ二カ月ほどの間に、この街で、行方不明になった少女たちだ。警察がはっきり公表したわけではないけれど、吸血鬼の仕業ではないかとまことしやかに噂されている。

吸血鬼。

普通なら誰も相手にしないような、そんな馬鹿げた噂話を、この街では誰もが当然のように受け入れている。必要以上に怯えることもなく。さりとて笑い飛ばすこともなく。

絃神島・魔族特区。この街では、化け物などめずらしくもないのだ。

たとえそれが世界最強の吸血鬼だとしても。

†

絃神島は、太平洋のド真ん中、東京の南方海上三百三十キロ付近に浮かぶ人工島だった。ギガフロートと呼ばれる四基の浮体式構造物で造られた、張りぼての都市だ。

私はそのギガフロートの連結部——巨大な吊り橋の途中に立っていた。

歩道の手すりから少しだけ身を乗り出すと、白く渦を巻く海面が足元に見える。頭上には、トラス構造の鉄骨と無数のハンガーロープ。なかなか壮観ではあるけれど、この島の住民にとっては見慣れたいつもの風景だ。

コンビニで買ったサンドイッチを食べながら、私はぼんやりと海を眺める。ありがたいことに風はそれほど強くない。茜色の夕焼けを背景に、海鳥たちが悠々と舞っている。

「さて」

残っていたペットボトルの紅茶を飲み干して、私は小さく背伸びをした。スマホを取り出して時刻を確認する。十八時二十分。早く夜になることを願っていたのだけれど、相変わらず空はまだ明るい。南国の太陽というやつは、意外にしぶとく沈まないものらしい。

正直なところ、私は早くも退屈を感じていた。

そもそもなにか目的があって、ここまで歩いてきたわけではないのだ。味気ない夕食を終えてしまうと、あとはもう時間が過ぎるのを待つ以外にやることがない。

人通りが多ければ多少は気が紛れたのかもしれないが、生憎(あいにく)、長さ一キロ近い吊り橋(つりばし)を徒歩で渡る者はほとんどいなかった。私の学校があるのは島のほとんど反対側だから、知り合いに遭遇する可能性も皆無に近い。

だから、見知らぬ誰かに突然声をかけられて、私はひどく驚いた。

「入水(じゅすい)は、やめたほうがいいですよ」

まだ少し幼さの残った声で、彼女は言った。

年齢は十一、二歳くらいか。ほぼ間違いなく小学生だろう。しかし表情はずいぶん大人びている。肩のあたりで切り揃(きそろ)えた猫っ毛の髪と、気難しい猫を思わせる大きな瞳が印象的だ。一頭の大型犬を連れた、背の低い女の子だった。

「……じゅすい？」

怪訝(けげん)な口調で訊(き)き返す私に、はい、と少女が真顔でうなずく。

「海で溺(おぼ)れた死体は、腐敗が進んで顔の皮膚が剝(は)がれ落ちたり、ガスがたまって全身が膨張したり、魚やフナムシにかじられたりして、無惨(むざん)な姿になると聞いたことがありますから」

「ちょ……ちょっと待って」

溺死体(できしたい)となった自分の姿をうっかり想像して、私は苦い顔をした。

「もしかして、私が自殺するつもりだと思ってる？」

「違うんですか？」

愛犬の背中を撫でながら、小学生がむしろ意外そうに訊き返してくる。

女子高生が一人きり、夕暮れ時の吊り橋から身を乗り出して、なにをするともなく海を眺めていたのだ。たしかに自殺志願者と疑われても仕方ない状況ではある。が、

「違うよ。べつに死にたいわけじゃないし」

私は笑って肩をすくめた。ふむ、と少女が疑わしげに首を傾げる。

「だったら、こんなところでなにを？」

「うーん、なんだろ……家出、かな？」

「家出、ですか？」

少女が私の持ち物に訝るような視線を向けた。教科書を詰めこんだだけの通学用リュック。たしかに家出向きの荷物ではない。

「まあ、いわゆるプチ家出だね。今日は家に帰れない理由があって」

「ご家族に虐待でもされているのですか？」

「え？　あ、ううん。そんなんじゃなくて」

私は苦笑しながら首を振る。あまり他人に言いたくはなかったのだけれど、さすがにその誤解はまずい。

「実は今日って、私の誕生日だったんだよね」

「そうなんですか？　おめでとうございます」

少女はさして驚きもせずにそう言った。どうも、と私は曖昧に笑う。

「そんなふうに祝ってくれる家族がいてくれたら、よかったんだけどね」

「ご家族はご健在ではないのですか？」

「元気だと思うよ。私に興味がないだけで」

小学生に語るような話ではないと自覚しながら、私はぼそりと呟いた。たぶん私は、ずっと前から、誰かに愚痴を聞いて欲しかったのだ。

「うちの親は、二人とも呪術師なんだよね。まあ、呪術師とはいっても、それだけで生活できるほどの才能はなくて、しがない企業の雇われ研究員なんだけど」

私が絃神島に引っ越してきたのも、両親が魔族特区の企業に雇われたからである。

「それもあって私と姉も、子どものころに呪術の訓練を受けさせられたりしたんだよね。ただ、私には才能がなくてさ」

「あ……」

少女は私に気兼ねするように目を伏せた。

呪術の世界は残酷だ。生まれ持った才能がなければ、努力だけではどうにもならない。

「だけど、姉は違ったんだよね。あの人は四年も前から国家攻魔官の資格を取って、太史局で六刃神官やってるエリートなの。私とは二歳しか離れてないのにさ」

「……六刃神官？」

少女がなぜか困惑したように眉を寄せる。まあ、彼女が驚くのも無理はない。なにしろ六刃神官といえば、獅子王機関の剣巫と並ぶ日本政府最強の攻魔師なのだ。

「失礼ですが、お名前をうかがっても？」

「え、私？」

少女の唐突な問いかけに、私はきょとんと目を瞬いた。

「妃崎だけど。妃崎硝佳。あなたは？」

「知らない人に名前を教えてはいけないと学校で習いました」

「え!?　待って待って、たしかにそうだけど、人に先に名乗らせといてそれは酷くない？」

いきなりはぐらかされそうになって私が憤慨すると、少女はチッと不満そうに舌打ちした。

「私は……ユエです。朽目ユエ」

「ユエちゃん？　なんだ、普通にいい名前じゃない」

「そうですか？　お世辞でも嬉しいです」

「いやいや、こんなことでお世辞を言ってどうするのよ」

妙に達観したような少女の反応に、私は苦笑しながら首を振る。

「とにかく、そんなわけで、うちの両親は姉のことで頭がいっぱいだから、私の誕生日なんて思い出しもしないよ。特に次の週末には、あの人が絃神島に帰ってくるしね」

きっと今ごろ両親は、企業のお偉いさんとの面会の予約を取り付けるのに大忙しなのだろう。休暇で帰ってくる姉をダシにして、優秀な娘を持つ自分たちを売り込むのに必死なのだ。

「なるほど。事情はわかりました」

ユエが重々しくうなずいた。

「だとしても、入水自殺はどうかと思います」

「だから自殺する気はないってば。言ったでしょ。今日は帰りたくなかっただけ。今さら親に誕生日を祝って欲しいわけではないけど、会いたくないって思うくらいは私の勝手でしょ？」

「それで、家出なんですか？」

「まあね」

「でしたら、いつまでもこんなところにいる必要はないのでは？」

「え？」

「カフェでも、ひとりカラオケでも、少なくともこんな橋の上よりは楽しい場所がいくらでもありますよね。それに女子高生が一人でいるには、ここは少し物騒ですし」

「物騒？　第四真祖が出るから？」

私が微笑みながら訊き返すと、ユエは驚いて目を見張った。彼女が連れている強面の大型犬が、なぜか責めるような目つきで私を睨む。

「知っていたんですか？」

ユエが溜息まじりに私に訊いた。私は少し晴れやかな気分で首肯する。

「もちろんよ。だって私は、第四真祖に会いに来たんだから」

†

黄昏時の人工島連絡橋には、第四真祖が現れる——

この島で暮らす女子高生の間では、密かに知られた都市伝説だ。

最初の失踪者が出た直後くらいから、その噂は爆発的に広まった。第四真祖の目撃情報が、SNSのタイムラインに流れてこない日はないほどだ。

もっとも、第四真祖の存在を、皆が皆、本気で信じているわけではないだろう。そうでなければ、こんなにも軽々しく話題にはできないはずだ。なにしろ第四真祖といえば、過去にいくつもの都市を滅ぼした怪物。世界の理から外れた世界最強の吸血鬼なのだから。

「第四真祖に会って、どうするつもりなんですか？」

やや呆れているような冷たい瞳で、ユエが私を見上げてくる。

「吸血鬼に血を吸われた者は、吸血鬼になるんだよね？」と私は答えた。

「人から転化した者がなるのは、〝血の従者〟だと思いますけど」

ユエが律儀に訂正してくる。〝血の従者〟は、主人から魔力を分け与えられた擬似吸血鬼。

眷獣を使役することはできないし、主人である吸血鬼が死ねば自分も滅びてしまう。それでも不老不死の魔族であることに変わりはない。

「私は、なにか特別な存在になりたかったんだ。その他大勢の普通の一般人じゃなくてさ」

「普通に生きていられるというのは、それだけで特別なことだと思います」

ユエが奇妙に強い口調で反論する。私は思わず笑ってしまう。年齢のわりによく出来た子だ。

「まあ、そうなんだけど。でも、お姉ちゃ……姉みたいな、特別な存在が身近にいると、なかなかそんなふうに割り切れないかな」

「だから、吸血鬼になろうと思ったんですか？　お姉さんやご両親に認めてもらうために？」

「見返してやりたいって気持ちがあるのは否定しないけど、それよりなにより私自身が変わりたいんだよね。なにもできない普通な自分にうんざりしてるから」

今日はきっと生まれ変わるにはいい日だ。魔族としての私の新しい誕生日になるのだから。

もし仮に擬似吸血鬼になれずに殺されてしまっても、それならそれで構わない。世界最強の吸血鬼の犠牲者なら、それだけで十分に特別な存在だ。

少なくとも、あの人に――姉に引け目を感じずに済む程度には。

「この島で起きている連続失踪事件の犯人は、本当に第四真祖なんですか？」

ユエが冷静に尋ねてくる。なかなか鋭い指摘だった。この場に第四真祖が現れなければ、私の計画はそもそも成り立たないのだ。

「まあね。第四真祖が女の子たちを攫ったって、全員が本気で信じてるわけじゃないと思うよ。そもそも本当に第四真祖がこの島にいるって証拠もないんだし」

第四真祖の実在を疑っている人々は今でも多い。特に有力なのは、第四真祖というのは人工島管理公社が自分たちの不手際を隠すためにでっち上げた架空の魔族である、という陰謀論だ。絃神島でなにか大きな事故が起きたとき、あれは第四真祖の仕業だから仕方がない、というふうに責任逃れに使うのである。

「だけど私は第四真祖をこの目で見てるから」

「……え？」

睫毛を揺らして驚くユエを見て、私はちょっと勝ち誇った気分になる。

「今年の冬、絃神島がテロリストに襲われたことがあったでしょ」

「この島は大抵いつもなにかに襲われてるような気がしますけど」

「空にでっかい魔法陣が出来て、眷獣がばらばら降ってきたやつ」

「タルタロス・ラプスの事件ですね」

そう、と私はうなずいた。公式発表では、召喚されたテロリストの眷獣たちは獅子王機関の攻魔師に退治されたことになっている。だけど私は見てしまったのだ。

「あのとき私が避難していたビルの窓から見えたんだよね。向かい側の建物で、若い吸血鬼が女の子たちの血をこっそり吸って、そのあとなんかエグい眷獣を呼び出すところが」

「なるほど……女の子たちの血を……」

ユエがなぜか膨れっ面になって呟く。かわいい。ほっぺたをプニプニしたくなってしまう。

「まあ、そんなわけだから。私は第四真祖がいるって本気で信じてるし、ここで彼が現れるのを待ってるよ。せめて日付が変わるまではね」

「いえ。でも……」

「心配してくれてありがとう。ユエちゃんは早く帰ったほうがいいよ。さすがにあなたまで巻きこんじゃったら、私も寝覚めが悪いしね」

「いえ。私は大丈夫です。この子もいますし」

愛犬の隣に屈みこんで、ユエが言う。私は戸惑いながら彼女たちを眺めた。ツンドラ・シェパードだろうか。銀色の毛並みの狼犬。たしかに精悍な顔立ちだけれど、世界最強の吸血鬼に勝てるとは思えない。だが、私はその犬に奇妙な印象を覚えた。どこか懐かしい感覚だ。

「それに、どうやら手遅れのようです」

「手遅れ？」

私は、険しい表情を浮かべたユエの視線を追って顔を上げた。そしてハッと気づく。

対岸の人工島へと伸びる長い吊り橋。それを支えるケーブルの上に、黒い影が立っている。マントをなびかせた痩身の若い男だ。コウモリに似た小型の魔獣が数体、彼を護衛するように周囲を舞っている。

「第四……真祖？」

　私はかすれた声で呟いた。その呟きに応えるように、男は黒く禍々しい翼を広げた。そして深紅の瞳で笑う。裂けた唇からのぞいたのは、鋭く尖った巨大な牙だった。

†

　ユエが連れていた銀色の犬が、ぐるぅ、と攻撃的に低く唸った。それを見た黒い吸血鬼が、露骨に不快な表情を浮かべる。

「待って！」

　私はユエを庇うように彼女の前に出た。そして頭上の男に向かって叫ぶ。

「この子には手を出さないで！　あなたの獲物は私よ！　従者にするなり、殺すなり、好きにすればいい！」

「…………」

　ふっ、とケーブルの上で男が笑う気配があった。小型魔獣を引き連れながら、私たちと同じ高さまでゆっくりと舞い降りてくる。

　第四真祖のイメージを裏切らない、なかなかの美形だ。どことなく安っぽい雰囲気というか、自分自身の演技に酔っているような痛々しさも感じるが、我慢できないほどではない。しかし、

「あの、すみません。残念ですけど、そんなことを言っても無駄だと思います」

ユエがそう言って私を押しのけた。私は呆気に取られて彼女を見返す。

「無駄？」

「その人は第四真祖じゃありません。それどころか吸血鬼ですらないです。だから硝佳さんを〝血の従者〟になんかできるはずがない」

「嘘……」

私は驚いて目の前の黒衣の男を見つめた。本物の第四真祖でないとすれば、この男はいったい何者なのだろう。

「ひとつ言い忘れたことがありました。報道されてはいませんが、失踪した三人の女子高生は、もう見つかっているんです。死体として。この近くの海上で」

「死体……って……」

「はい。死因は衰弱死です。まるで何者かに生命力を吸い尽くされたみたいに──」

「黙れ！」

ユエの言葉を遮るように、黒衣の男が荒々しく叫んだ。彼が従えていた数体の魔獣が、一斉にユエへと殺到する。

「──っ⁉」

「ユエちゃん！」

巨大なコウモリに似た魔獣が、ユエの身体を軽々と空中に持ち上げた。そのまま彼女を連れ去って、吊り橋の下へと突き落とそうとする。ユエの愛犬が主人を護ろうとするが、多勢に無勢だ。三体の魔獣に一斉に襲われた狼犬は、無惨に全身を引き裂かれて絶命する。

「駄目！　やめて……！」

私の必死の叫びを無視して、魔獣は空中でユエを解放した。ユエは悲鳴を上げることもできないまま、十数メートルも下の海面へと落ちていく。私はそれを呆然と眺めた。絶望が心を満たしていく。

「さあ、来い。望みどおり、私がおまえの命を吸い尽くしてやろう」

黒衣の男の声が聞こえる。私はその声に命じられるまま、彼のほうにふらふらと近づいた。頭の奥が痺れたようになにも考えられない。全身から力が抜けていく。

だが、薄れた意識の片隅で、私はかすかな違和感を覚えていた。違和感。そう、血の臭い。全身をバラバラに引き裂かれたはずのユエの犬からは、血が一滴も飛び散っていないのだ。

振り向いた私の視界に映ったのは、破れた銀色の金属片。

姉がそれと同じものを使っていたのを見たことがある。式神を作るための金属製の呪符。国家攻魔官の装備品。あの犬は、攻魔師の式神だったのだ。

「その式神の目を通して、あなたの魔力の波長は記録しました。すぐにここにも式神の主人が駆けつけてきます。もう逃げられませんよ」

橋の下から聞こえてきた舌足らずな声に、黒衣の男がピクリと肩を震わせた。それは海に落ちたはずのユエの声だった。

魔獣の翼の羽ばたきが聞こえる。

黒衣の男が従えていたコウモリ型の魔獣が、海面からの気流に乗ってふわりと舞い上がる。

その脚につかまっていたのは、ユエだった。ユエを突き落としたはずの魔獣が、逆に彼女を空中で拾い上げて戻ってきたのだ。まるで女王を護衛する忠実な兵隊蜂のように。

「ユエちゃん⁉」

「馬鹿な！　我が下僕たちよ、その娘を殺せ！」

黒衣の男が、声を上擦らせながら魔獣に命じる。猛々しく吼えながら、尖った歯を剝く魔獣たち。しかしユエに近づいた瞬間、彼らはたちまち飼い馴らされた小鳥のように静かになる。

「ローペンですね。南太平洋の島国に棲む絶滅危惧種の飛行型魔獣。ブルーエリジアムの魔獣庭園から盗難届が出ていたはずです」

橋の上に降り立ったユエが、魔獣たちの背中を撫でながら独りごちる。黒衣の男は彼女を睨んで、ギリ、と憎々しげに奥歯を鳴らした。

「精神支配で魔獣たちを手懐けた……だと⁉　そうか、おまえ、俺の同族か……！」

「あなたのような指名手配中の淫魔と一緒にしないでください。不愉快です」

ユエが苛立ったように唇を曲げた。彼女に操られた魔獣たちが黒衣の男に襲いかかり、彼はたまらず悲鳴を上げる。その瞬間、私の全身の硬直が解けた。悪い夢から醒めたように、不意に意識が鮮明になる。

「淫……魔？」

「インキュバスとも呼ばれてますね。精神支配の能力を持ち、人の精気をすする魔族です」

私の無事を確認したユエが、安堵の表情を浮かべて言った。

「ただ、精神支配といってもその能力は微弱で、普通の人間にはほとんど効きません。睡眠中のような無防備な瞬間か、あるいは死にたがっているような、心の弱った相手にしか」

「あ……」

私はひどく恥ずかしい気分になる。心の弱った死にたがり。それはまさに今の私のことだ。

だがそれは私だけではないのだろう。第四真祖の噂に惹きつけられて、この橋を訪れた少女たちは、現実から逃げ出したいという心の弱さを抱えていた。この黒衣の淫魔は、そこにつけこんで彼女たちを殺したのだ。

「だけど、ユエちゃん……どうしてそんなことを知っているの？」

「すみません。私はひとつ嘘をつきました」

「嘘？」

「私の本当の名前は、結瞳です。江口結瞳。あなたのお姉さんとも知り合いです」

「……え？」

私は激しく混乱しながら、どうでもいいことを考えていた。クチメユエ。エグチユメ。なるほど、単純な綴り替えだ。

そして混乱から立ち直る間もなく聞こえてきた、凄まじい絶叫に私は息を呑む。

歩道の上で、のたうちながら痙攣していたのは、淫魔の男を襲っていたはずの魔獣たちだ。

血まみれになった淫魔の手には、警告表示の入ったスプレー缶が握られている。対魔獣用の催涙ガスだ。彼はそのガスを使って、魔獣たちを悶絶させたのだ。

空になった缶を投げ捨てた男が、獣のような唸りを上げた。

目を血走らせながら、ユエ――結瞳に駆け寄り、彼女をつかみ上げる。

「ハ、捕まえた！　捕まえたぞ、クソ餓鬼！」

「な……⁉」

唖然と振り返る私を無視して、男は結瞳をそのまま橋の欄干へと押しつけた。醜く顔を歪めて笑いながら、結瞳の喉に手をかける。

「そうか、おまえか！　おまえがリリス！　世界最強の夢魔〝夜の魔女〟！　俺の思念波をずっと妨害していたのは、おまえだったのか――！　おかげで俺は、この三カ月間、ろくに女を喰えなかったんだぞ！」

淫魔の男が両手に力をこめる。

荒っぽく喚き散らす彼の横顔に、最初に見たときの端整さは微塵も残っていない。作り物の牙は折れ、赤いカラーコンタクトも片方外れている。

結瞳は必死に抵抗していたが、体格の差は圧倒的だった。

苦しげに喘ぐ彼女を見ているうちに、私はなぜか猛烈な怒りを覚えた。

自分自身に対する怒りだ。

結瞳の正体は世界最強の夢魔で、お姉ちゃんの知り合い。私とは違う特別な側の人間だ。

一方の私はなんの力もない、その他大勢の一般人。生きる気力すらなくしていたへなちょこだ。

だけど、それでも、自分より小さい女の子を見捨てたかったわけじゃない――

私は特別な存在になりたかった。両親に褒めてもらうためなんかじゃなくて、憧れの姉に、少しでも近づけるような自分に。あの人に胸を張って会えるように――

「いくら強力な夢魔だろうが、この細っこい首をへし折ってしまえば終わりだろうが――」

淫魔の男が嗜虐的に哄笑した。だが、その笑声はすぐにくぐもった悲鳴に変わる。私が思いっきり振り回した通学用リュックが、的確に男の鼻先をとらえたからだ。

教科書を満載したリュックの一撃に、男は大きく顔を仰け反らせて吹き飛んだ。結瞳が軽く咳きこみながら、驚きの表情で私を見る。

攻撃の反動でふらつきつつも、私は晴れやかな解放感を覚えていた。

三人も殺した魔導犯罪者に一撃喰らわせて、世界最強の夢魔の少女を救ったのだ。その他大勢の一般人としては破格の大戦果だろう。

とはいえ、慢心していられる状況ではなかった。

だらだらと鼻血を流しながら、淫魔の男が私を睨む。凶暴な殺意に満ちた視線に、膝が震えた。隠れる場所のない吊り橋の上だ。結瞳を連れて無事に逃げ切る自信はない。

「結瞳ちゃん、逃げて！」

私はもう一度リュックを構えて叫んだ。最初から死ぬ覚悟でここに来たのだ。結瞳を逃がす時間を稼げるなら、むしろ上出来だろう。

しかし結瞳は逃げなかった。ほんの少し愉しげに微笑んで、静かに安堵の息を吐く。

「いえ、もう大丈夫だと思います。本物が来てくれましたから」

「……本物？」

私は訝りながら結瞳を見返した。そんな私のすぐ隣に、ふわりと舞い降りてきた影がある。

黒いギターケースを背負った女子だった。コンビニの前ですれ違ったあの美少女だ。結瞳が連れていたのと同じ、銀色の狼犬を二頭従えている。あの式神の術者は彼女だったのだ。

「遅くなってすみません、結瞳ちゃん――間に合ってよかった」

少女が生真面目な口調で告げてくる。

過酷な訓練で培われたしなやかな身のこなし。迷いのない強い意志。彼女とすれ違ったとき、姉のことを思い出した理由がわかった気がした。この少女は姉と同じだ。対魔族戦闘の訓練を受けた攻魔師だ。

「ぐ……！」

彼女の瞳に射竦められて、淫魔は怯えたように後ずさる。そのまま踵を返して逃げだそうとした男の前に、新たな人影が立ちはだかる。

だが、それは私にとって、攻魔師の少女よりもさらに意外な人物だった。

狼の体毛のように、斑に色素の薄い前髪と気怠げな瞳。特別に目立つところのない、どこにでもいそうな普通の少年だ。羽織った白いパーカーの下には、コンビニ店員の制服がのぞいている。お釣りを持って追いかけてきてくれた、例のバイト店員だ。

「ちょうどバイトの休憩時間で助かったぜ」

店員はぱきぱきと指を鳴らしながら、淫魔の男に近づいていく。

緊張感のないセリフとは裏腹に、彼の全身から放たれる魔力は爆発的だった。

呪術の才能がなかった私にも、はっきりと感じ取れるほどに濃密な魔力。それは、タルタロス・ラプスの眷獣たちを消滅させたものと同じ力だ。

「本物……って、まさか本物の第四真祖ってこと!?　あの人が……!?」

嘘でしょう、と私は結瞳を見る。しかし結瞳は、気まぐれな猫のように目を細めるだけだ。

「ま……待て……違うんだ。お、俺はあんたを敵に回すつもりじゃ……」

淫魔の男が震えながら後退した。逃走しようと広げた魔力の翼が、バイト店員の力の余波で吹き散らされる。

「危ない目に遭わせて悪かったな、結瞳。おかげでようやくこいつに会えた。ここから先は、第四真祖の仕事だ！」

少年が荒々しく牙を剝いた。彼の拳を眩い雷光が包む。

淫魔の男が恐怖に表情を凍らせた。そんな彼の顔面に、第四真祖の拳がめりこむ。

魔術も能力も関係ない、力任せの強引な一撃だ。痛々しい激突音が響き渡り、淫魔の男が吹き飛んで宙を舞う。橋の主塔に激突した彼は、ぐちゃりと水っぽい音を立てて歩道に落下。あとには仄かな残照と、静寂だけが残された。

†

「つまり第四真祖の名前を騙る淫魔がいて、結瞳ちゃんはその捜査を手伝ってたってこと？」

帰宅する結瞳を最寄りの駅まで送る道すがら、私は改めて彼女の説明を聞いていた。

獅子王機関の剣巫だというギターケースの少女は、捕らえた淫魔を警察に引き渡す手続きのために現場に残っている。

そして第四真祖の少年は、休憩時間が終わりそうだと言って、バイト先のコンビニへと慌てて戻っていった。コンビニのバイト学生の正体が世界最強の吸血鬼という事実には、正直いまだに納得がいかない。だがきっと、それが魔族特区というものなのだろう。

「インキュバスは魔力の弱い種族なので、機械的なセンサーや魔術探知では居場所を特定するのが困難なんです。だから、私と雪菜お姉さんで協力して、囮捜査をやってました。淫魔が犯人なら、私も無関係では済まないので」

「そう……なんだ」

結瞳の何気ない呟きの中に、彼女の苦悩を感じて、私は言葉を詰まらせた。

他者の心を操る淫魔や夢魔は、差別や迫害を受けやすい魔族だ。罪を犯した淫魔がいれば、真面目に暮らしている他の者たちが迷惑することになる。

夢魔の女王である結瞳としては、見過ごすわけにはいかなかったのだろう。

「第四真祖が橋の上に現れるって噂も、犯人が流したのかもしれないね。私みたいな馬鹿な子を誘き寄せるために」

自嘲まじりの私の言葉に、結瞳は目を伏せて沈黙する。図らずも私は、真実を指摘してしまったらしい。

「でも、おかげで助かりました」

「え？」

「さっきの硝佳さん、恰好良かったです。犯人をリュックでぶっ飛ばしてくれたとき」

「あー……」

私は頬が赤らむのを自覚する。あのときの私は、ただ必死で、いっぱいいっぱいで、とても褒められた姿ではなかったはずだ。

それでも世界最強の夢魔の少女がくれたその言葉で、私の心の中には光が灯った気がした。

どんなバースデーケーキのロウソクよりも温かな、誇りという名の小さな光が。

「まだ、吸血鬼になりたいと思っていますか？」

別れ際、駅の入り口で振り返った結瞳が、私に訊いた。ううん、と私は首を振る。

「コンビニの最低時給でバイトしている、世界最強の吸血鬼を見ちゃったらね……」

「そうですね」

冗談めかした私の返事に、結瞳も小さく微笑んだ。年相応の愛らしい笑顔だ。

「まあ、一般人は一般人なりに頑張ってみるよ。だから、結瞳ちゃん、また会おうね」

「はい。あなたのお姉さんとはもう会いたくありませんけど、硝佳さんとならいいですよ」

なにやら因縁めいた言葉を言い残しながら、結瞳が駅の中へと入っていく。

彼女の小さな後ろ姿は、どう見ても普通の小学生のものだった。

この都市では、私が特別だと思っていた存在が普通に暮らしていて、逆に普通だと思っていた人々が、世界最強の凄い連中だったりするのだ。だとしたら、こんな普通の私でも、誰かの特別になれるかもしれない。そんなことをふと思いつく。

とりあえず、ひとつ歳を取ったことだし、アルバイトでも始めてみるのもいいかもしれない。

でもその前に今夜はやることがある。

離ればなれに暮らしている姉と、久しぶりに話をするのだ。
普通の私が遭遇した、特別な出来事を報告するために——

第十五話
楽園のウェディングベル

# 1

鏡の中に映る娘は、純白のウェディングドレスをまとっていた。シニヨンにまとめた栗色の髪。大胆に露出した細い肩が、背の高い彼女のスタイルの良さを際立たせている。

柔らかなパステルカラーで統一された花嫁の控え室に、小さなノックの音が響く。続けて聞こえてきたのは、暁古城の少し緊張した声だった。

「——入っていいか、煌坂？」

「ど、どうぞ」

無意識に背筋を伸ばしながら、鏡の前にいた紗矢華が答える。控え室のドアが開く気配があって、部屋の中を仕切っていたカーテンが揺れた。現れたのは、前髪を固めて、普段より少し大人びた印象の古城だ。純白の派手なフロックコートが、どこか馴染んでいなくて微笑ましい。

「そろそろリハーサルの時間だから、式場に来てくれって係の人に言われたんだが——」

振り返る紗矢華の姿を見て、彼は言いかけた言葉を途中で切った。目を見開いて固まる彼を見て、紗矢華は怪訝そうに小首を傾げる。

「どうしたの？」

「ああ……いや、ちょっと驚いたんだ。煌坂が——いや、紗矢華が綺麗だったから……」

「な……なに言ってるのよ、こんなときに……バカ……」

思いがけない古城の言葉に、紗矢華の心臓が大きく跳ねた。剝き出しの首筋と肩を赤く染め、か細い声で悪態をつく。

素直になれない紗矢華のいつもどおりの反応に、古城は愉しげな笑みを浮かべた。

「志緒さんや唯里さんも、わざわざ来てくれたみたいだぞ。あとはニャンコ先生も、本土から」

「そ、そうなんだ」

紗矢華が硬い表情でうなずく。古城は、そんな紗矢華を気遣うように目を細め、

「もしかして緊張しているのか？」

「うん……それもあるんだけど……」

紗矢華が視線を泳がせた。今さらのようにこみ上げてきた不安が、言葉となってあふれ出す。

「ねえ、本当に私なんかが相手で良かったの？」

「私なんか、ってどういう意味だよ？」

古城が少し怒ったように言った。自分自身を卑下するような紗矢華の態度を、彼は咎めてくれているのだ。それでも紗矢華はこの期に及んで、自分に自信が持てずにいる。

「だって、あなたにはほかにもたくさんいたでしょ。ラ・フォリア王女や、藍羽さんや、アヴローラちゃんや、それに……雪菜も……それなのに私なんかでいいのかな……って……」

言いかけた紗矢華の隣で、ドンと壁を叩く音がした。

気づくとすぐ目の前に、真剣な目をした古城の顔がある。

「あ……暁古城？」

壁際に追い詰められた紗矢華が、怯えたように呟いた。

古城は、そんな紗矢華の耳元に口を寄せ、声を潜めて囁きかける。

「暁古城じゃなくて、古城──だろ、紗矢華」

「あっ……」

彼の吐息に鼓膜をくすぐられ、紗矢華がビクッと肩を震わせた。

しかし古城は構わず言葉を続けた。

「俺はおまえを選んだんだ。ほかの誰でもなく、おまえのことをな」

「うん」

俯く紗矢華の瞳が潤み、ぽろぽろと涙があふれ出した。

それまで強気な態度を見せていた古城が、一転してオロオロと慌てふためく。

「お、おい、泣くなよ。まだ式が始まってもないんだから」

「だって……嬉しくて……」

濡れた睫毛に縁取られた瞳で、紗矢華が古城を眩しそうに見上げた。

微笑む紗矢華に見とれたように、古城が一瞬目を大きくする。

そして彼は紗矢華のおとがいに手を伸ばし、強引に紗矢華の顔を上向かせる。

「紗矢華……」

「あ……だ、駄目よ……まだ……」

唇を重ねようとしてくる古城に、紗矢華は口先だけで嫌がる素振りをみせた。

しかし言葉とは裏腹に紗矢華は無防備な唇を彼に差し出して、その瞬間——

「失礼しまーす」

軽やかなノックの音とともに控え室のドアが開き、明るい声が聞こえてきた。

カーテンの向こうから顔を出したのは、パーティードレスを着た暁凪沙だった。

「煌坂さん……じゃなくて、紗矢華ちゃん、お待たせ。ブーケ届いたよ」

今日から紗矢華の妹になる彼女が、豪華な花束を抱えて入ってくる。

そして凪沙は、古城に気づいて不思議そうに目を瞬かせ、

「って、あれ、古城君もいたの？　なんかあった？　二人とも顔、真っ赤だけど……」

「なんもねーよ。先に式場のほうに行っとくぞ」

ふわり、と紗矢華の頭に触れて、古城は控え室から出て行った。

「私もすぐに行くから、待っててね」

紗矢華は古城の背中に呼びかける。彼のあとを今すぐ追いかけたかったが、メイクに残った涙のあとをなんとかしなければ控え室から出られない。

「ねえ、紗矢華ちゃん……幸せ？」

名残惜しげに古城を見送る紗矢華に、凪沙が優しい声で訊いてくる。

「うん」

紗矢華は頬を真っ赤に染めて、迷うことなくきっぱりとうなずいた。

## 2

曲がりくねった長い山道の先に、くすんだ建物の群れが見えてくる。

赤レンガ造りの重厚な建造物。歴史を感じさせる名門寄宿学校の校舎である。

坂を登ってきた一台のタクシーが、その校門の前に停車する。

支払いを終えてタクシーを降りたのは、高校生とおぼしき少年と少女の二人組だった。

その片割れ——制服のシャツの上に白いパーカーを羽織った少年が、ふらふらとよろめいて鋼鉄製の門扉に寄りかかる。ただでさえ気怠げな印象を与える彼の顔色は、蒼白を通り越して土気色になっていた。

「あの……大丈夫ですか、先輩？」

黒いギグケースを背負った制服服姿の少女が、少し慌てて少年に駆け寄った。

自分の背中をさすってくれる少女に、少年——暁古城は頼りなく微笑んで、

「まあ、なんとか。ちょっと車に酔っただけだから……すげえ葛折りだったな」

「すみません。酔い止めを用意しておくべきでした。お茶、呑みますか？」

「悪いな、助かる」

姫柊雪菜が差し出したペットボトルを受け取り、古城はありがたくそれに口をつけた。

よく冷えた緑茶が喉を潤し、わずかに気分がすっきりする。

ちなみにそのペットボトルは、ついさっきまで雪菜が飲んでいたものだが、本人たちはそのことを一切意識しておらず、それを間接キスだと騒ぐ者も、幸か不幸かこの場にはいなかった。

「これが獅子王機関の養成施設か……なんか普通の学校みたいだな」

どうにか車酔いから立ち直った古城が、正面の建物を見上げて言った。

「表向きは普通の学校ということになってますから」

雪菜が、懐かしそうな視線を校舎に向ける。任務で絃神島を訪れるまで、彼女はずっとこの学院の寮で暮らしていたのである。

「高神の杜女学院——小中高一貫の寄宿学校です。小さな学校ですけど、関西圏ではそこそこ名の知れた名門校という扱いなんですよ」

「へえ……言われてみれば、そんな雰囲気だな」

学院の敷地に足を踏み入れながら、古城は物珍しそうに周囲を見回す。

具体的にどこがどうというわけではないのだが、古めかしい校舎の佇まいや、よく手入れのされた花壇など、全体的に上品な印象を受ける。

校内を行き交う生徒たちも、皆、真面目そうだ。

「それはそうとして、俺たち、なんか目立ってないか？」

見知らぬ誰かに監視されているような空気を感じて、古城は唇をへの字に曲げた。校舎の陰や廊下の窓など学院内の至るところから、突き刺さるような視線が飛んでくる。

視線の主はこの学院の生徒――古城たちと同世代の少女たちだ。

「男の人が珍しいんだと思います。女子校ですから」

「なんか居心地が悪いのはそのせいか……」

古城はやれやれと肩をすくめた。

他校の制服を着た生徒たちが、自分たちの学院に踏みこんできたのだから、警戒したくなる気持ちもわかる。しかも侵入者の片割れが、異性だとしたら尚更だろう。

ただ、ひとつだけ意外だったのは、生徒たちの視線の多くが、古城ではなく、雪菜のほうに向けられていることだった。

「え、嘘⁉」

「姫柊先輩⁉」

職員室に向かう古城たちの耳に、突然、甲高い少女たちの声が聞こえた。

校舎同士をつなぐ渡り廊下の中央に、小柄な生徒が二人、驚愕の表情で立ち尽くしている。

彼女らが凝視しているのは雪菜の顔である。

「中等部の子ね。ご機嫌よう」

雪菜が、穏やかに微笑んで二人に声をかけた。

その瞬間、二人の生徒は電気に撃たれたように姿勢を正す。

「は、はい！　ご機嫌よう！」

「し、失礼しました！」

ガチガチの口調で挨拶すると、二人は慌てて身を翻して走り去った。

サバンナの中央でライオンを見かけたかのような見事な逃げっぷりだ。少し遅れて遠くから、きゃあああ、という悲鳴のような叫び声が聞こえてくる。

「なんだ、あれ？」

奇声を上げて走り去る生徒たちを見送って、古城は呆然と呟いた。

雪菜は寂しげに首を振る。

「昔からあんな感じなんです。わたし、同級生や後輩に嫌われてて……」

「いや、あれは嫌われてるわけじゃない気がするんだが」

古城は困惑の口調で言った。あの生徒たちの雪菜に対する態度は、憧れの有名人と遭遇したファンの反応そのものだ。

「気にしてませんから、大丈夫ですよ。慣れてますから」

古城の言葉を遮って、雪菜は再び歩き出す。

すると今度は別の方角から、生徒同士の会話が聞こえてきた。向かい側の校舎の窓辺に、こちらをのぞき見ている少女たちの姿がある。隠れているつもりだろうが、バレバレだ。

「姫柊先輩って、あの姫柊先輩？　史上最年少で七式突撃降魔機槍を与えられた剣巫見習いの──」

「そうよ。天使のような美貌とお優しさで、残虐非道な第四真祖を導き改心させた姫柊先輩よ」

「すごい、ホントに綺麗……顔小っさ……目でっか……！」

興奮気味の生徒たちの声は、離れていてもしっかりと聞き取れた。

いろいろと誇張されている感はあるが、彼女らが語っている噂話は、明らかに雪菜に対して好意的なものだ。

「なんか言われてるぞ、姫柊」

「さ、紗矢華さんたちが面白がって無責任な噂を広めたせいです、絶対……」

ニヤニヤと笑いながら古城が指摘すると、雪菜は頬を赤らめながら顔を伏せた。

自己評価のあまり高くない彼女も、さすがに今回ばかりは自分が褒められていることを認めないわけにはいかなかったらしい。

雪菜は照れたように古城の陰に身を隠すが、学院の生徒たちの会話は止まなかった。自分の声が古城たちに聞こえていることに、彼女たちは気づいていないのだ。

「──じゃあ、もしかして隣にいるのが第四真祖？」

「えー、ないない、絶対それはない。姫柊先輩には釣り合わないでしょ、あんなもっさいの」

「姫柊先輩が連行してきた魔導犯罪者じゃないの？　ストーカーとかやってそうだもん」

名前も知らない生徒たちに犯罪者扱いされて、古城は、ぐぐ、と弱々しくうめいた。

雪菜の評価とのあまりの落差に、さすがに憤らずにはいられない。ただ雪菜の隣を歩いているというだけで、なぜそこまで言われなければならないのか。

「き、気にしないでください。あの子たち、女子校育ちで男子に慣れていないので……」

雪菜が慌ててフォローする。古城は引き攣った表情で無理やり笑い、

「大丈夫だ……慣れてるから……」

思いがけない心的外傷を受けながら、古城は職員室のある建物へと入っていくのだった。

3

式場の通路で花嫁に声をかけてきたのは、くたびれた雰囲気のある中年男性だった。

「よお、志緒ちゃん。元気そうだな」

「あ、暁牙城……！」

馴れ馴れしく手を振る男を見て、志緒は動揺したように足を止める。

新郎の身内である彼は、めずらしくきちんとした礼服に身を包んでいる。それなのにどこか崩れた印象を受けるのは、おそらく志緒の先入観のせいだ。

数年ぶりに再会した彼の容姿は、初対面のころとあまり変わっていない。

だが、昔のような憧れを感じることはもうなかった。

彼は、志緒の大切な人の肉親——それだけだ。

ただ、過去の自分がどうして彼に憧れたのか、その理由が今ならよくわかる。牙城は志緒が幼いころに亡くした父親に少し似ているのだ。見た目や性格は真逆だが、妙に面倒見がよくて、ウザいくらいに志緒に構ってくるその態度が。

そんな志緒の感傷を知ってか知らずか、牙城は不正解だと言わんばかりに首を振り、

「おいおい、そこはお義父さまと呼ぶところだろ。うちの娘になるんだから」

「そ、それはそうだが……」

志緒は、うっ、と言葉を詰まらせた。

彼の息子と結婚すれば、自動的に暁牙城は志緒の父親という立場になる。

まるでそれを面白がっているように、牙城は唇の端を吊り上げて笑い、

「さあ、練習だ。言ってみな。お義父さまって」

「お……おと……さま」

「はあ、なんだって？　聞こえねえなあ。ほら、大きい声でもう一回」

「うう……」

「恥ずかしいのは最初だけだって。すぐに慣れるから——ぐおっ！」

ここぞとばかりに志緒に無理難題を要求していた牙城が、突然、くぐもった悲鳴を上げた。

ふと見れば牙城のすぐ背後に彼の息子である古城が現れ、父親の頭を殴りつけたのだ。

「息子の花嫁相手になにやってんだ、クソ親父」

「痛ってえええええ……くそ、ちったあ加減しろ、バカ息子」

「こ、古城……！」

ウェディングドレスの裾を摘まみ上げ、志緒は牙城から逃げるように、古城の背中に隠れた。

古城は、そんな志緒を当然のように庇う。

ぴったりと寄り添う二人を見て、牙城は満足そうに口元を緩めた。

「仲良くやってるみたいだな。安心したぜ」

そして牙城は真顔になって、優しい眼差しを志緒たちに向ける。

「志緒ちゃん、古城のことをよろしく頼む。こう見えて案外、無茶をするやつだからさ」

「あ、ああ……知ってる……いえ、知ってます」

志緒は真っ直ぐに牙城を見た。そして慌てて頭を下げる。

「あの、今日は来てくれてありがとうございました」

「おう。幸せになれよ」

いつもの馴れ馴れしい雰囲気に戻った牙城が、ひらひらと手を振りながら志緒に笑いかける。

そんな彼に父親の面影を重ねて、志緒は力強くうなずいた。

「はい、お義父さん」

4

古城と雪菜が案内されたのは、来客用の応接室だった。

分厚い絨毯に革張りのソファ。上等すぎて、なんとなく落ち着かない部屋である。

とはいえ、分不相応なもてなしというわけではない。

獅子王機関の一員である雪菜はともかく、古城の場合は、その獅子王機関の要請で、客として この高神の杜を訪れたからである。

「すみません。お待たせしてしまいました」

応接室のドアが開き、巫女服を着た少女が入ってくる。

彼女の年齢は、古城と同じか、あるいは年下だ。

身長も、小柄な雪菜とほとんど変わらない。女学院の制服を着ていても、おそらく違和感はないだろう。

しかし彼女の容姿には、目を惹く点がふたつあった。

ひとつは、神々しいまでに艶やかな純白の髪。

そしてもうひとつは、ゆったりとした巫女服の上からでもはっきりわかる胸の膨らみだった。

小柄な体つきからは想像もつかないほどの圧倒的な質量だ。

古城はもちろん、同性の雪菜ですら少女の胸部の体積に目を奪われ、その直後。

「――って、きゃあああああっ⁉」

突然なにもない場所で蹴躓き、巫女服の少女は、もの凄い勢いで古城のほうへと倒れこんだ。

「うおっ⁉」

反射的に彼女を抱き止めた古城は、掌に伝わってくる感触に変な声を出す。

重さと弾力、さらにどこまでも沈みこんでいくような柔らかさ。これまでに古城が味わったことのない魅惑の触感だ。

「だ、大丈夫ですか？」

雪菜が、倒れた少女を心配そうに抱き起こす。

古城を下敷きにしていた少女は、慌てて起き上がって乱れた衣服を直し、

「はうう、ごめんなさい。すみません、ごめんなさい。お見苦しい姿をお目にかけてしまいま

した。その、足元がよく見えなくて……」

「足元が……？」

意味がわからず、不思議そうに訊き返す雪菜。

「なるほど」

古城は、そんな雪菜と少女の胸元を見比べ、妙に納得したようにうなずいた。二人の身長はほぼ同じでも、足元を見下ろしたときの視界の広さに差がありすぎる。

「どうして、一瞬、私の胸を見たんですか⁉」

雪菜がジトッとした半眼で古城を睨んだ。彼女も、巫女服の少女が転んだ理由に気づいたのだろう。だからといって古城に文句を言われても困るのだが。

「……申し遅れました。闇白奈と申します」

ぎこちない空気が流れる中、巫女服の少女があらためて古城たちに頭を下げる。

その瞬間、雪菜がギョッとしたように身を竦ませた。

「く、闇様……？」

「知り合いか？」

急にかしこまった雪菜を見て、古城が怪訝そうに問いかける。

雪菜は、硬い表情でうなずいた。

「獅子王機関〝三聖〟のお一人です」

「三聖？　三聖って、もしかしてあの閑って人と同じ……」

古城の面識がある獅子王機関〝三聖〟は、閑古詠と呼ばれていた若い女性だ。古城は彼女と一度戦い、手も足も出ないままコテンパンに負けた。同じ〝三聖〟を名乗る以上、この闇という胸の大きな少女も、閑古詠と同等の力を持っていると思っていいだろう。

「はい。ですがわたしは、閑と違って、ただの器です。闇の意思を代々引き継いでいるだけの」

「闇の意思？」

「記憶……のようなものだと思ってください。闇の巫女は、何世代にもわたって、先祖の人格と力を引き継いでいるんです。長命な魔族の脅威に対抗するために」

「ああ……」

古城は彼女の言葉の意味を理解する。

不老不死である吸血鬼を筆頭に、魔族の中には、数百年以上の寿命を持つ種族も少なくない。

個人の経験や知識では、せいぜい百年程度しか生きられない人類に勝ち目はないだろう。書物や伝承によって伝えるにしても、次世代に引き継げる情報の量には限りがあるし、記録そのものを改竄される危険もある。

そこで次世代の血族に己の記憶を引き継がせることで、〝力〟そのものを継承しようと考えた人々がいたのだ。闇の一族とは、その末裔なのだろう。

「じゃあ、俺たちをここに呼んだのは、あんたの記憶と関係してることなのか？」

「そうとも言えるし、そうでないとも言えます」

白奈が曖昧な答えを返す。古城は困ったような表情を浮かべて、雪菜と顔を見合わせた。

「それを説明するには、まずこの高神の杜の歴史について語らなければなりません。高神とは、霊威の強い神の総称なのですが、もうひとつ——強い祟り神という意味もあるんです」

「祟り神？」

「人に禍をなす神霊、ということです。ですが、一方で祟り神は、手厚く祀り上げることで、強力な守護を与えてくれる存在でもあります」

「じゃあ、高神の杜というのは——」

古城はハッと顔を上げた。

白奈は、そのとおり、というふうに首肯して、

「はい。高神の杜の敷地内には、多数の災厄や禍神が封じられています。あの、失礼ながら、第四真祖——あなたに匹敵するほどの人類の脅威が……」

「……だからこんな人里離れた山奥に獅子王機関の施設があったのか」

古城はぞくりと寒気を覚えて肩を震わせた。高神の杜とは、それ自体が災厄を封印する一種の隔離地帯だったのだ。

「姫柊は、このことを知ってたのか？」

「いちおう知識としては聞かされていました。高神の杜の生徒たちは、その禍神を祓うために集められた巫女でもある、と。学院の裏手にある樹海には、強い結界が張られていますし」

「……その結界が破られた——ってわけじゃないんだよな？」

古城が疑念の眼差しを白奈に向けた。もし仮にそうだとしたら、獅子王機関は、その災厄と戦わせるために古城と雪菜をこの地に呼び寄せたことになる。

「もしそんなことになってたら、こんなふうに落ち着いてはいられないです」

白奈が慌てたように首を振った。

そして彼女は、少し言いづらそうに視線を落とし、

「ただ、結界が生きてるから問題がないというわけでもないんです。高神の杜の結界は、中の禍神を封じこめるためのもので、外から侵入するのを拒むものではないので」

「つまり、結界の中に入った人間がいるってことか？」

はい、と白奈は唇を噛んでうなずいた。

「無断で結界に踏みこんだ女学院の生徒が、行方不明になっています。結界内にある旧校舎の近くで、彼女たちの足取りは途絶えていました。二週間前に二人。先週も二人。今週に入ってからは三人です」

「全部で七人か……多いな」

古城が顔をしかめて言った。

いくら訓練を受けた攻魔師の見習いとはいえ、中高生の少女たちが樹海に迷いこんだというだけでも大問題だ。ましてやその樹海の中に、災厄が封印されているとあっては尚更である。

「今週になってからの三人は、行方不明者の捜索のために、獅子王機関が派遣した攻魔師です。その……おそらく、あなたもご存じの者たちではないかと」

「俺の知り合い？」

古城は驚いて白奈を見た。

高神の杜に縁のある古城の知り合いといえば、その顔ぶれはずいぶん限定される。

「まさか、それって……」

「獅子王機関の剣巫、羽波唯里。あとは舞威媛の煌坂紗矢華と斐川志緒です」

「紗矢華さんたちが……!?」

雪菜が驚いて身を乗り出した。

白奈はそんな雪菜の無作法を咎めることなく目を伏せて、

「最初は煌坂が単独で調査に向かったのですが、翌日になっても彼女が帰還しなかったため、羽波と斐川を送りこんだのです。本人たちの希望もありましたので」

「ああ……」

紗矢華や唯里たちは、すでにプロの攻魔師資格を持っているが、同時に高神の杜に籍を置く生徒でもある。同じ学院の後輩たちが行方不明になったと知らされれば、立場的にも真っ先に捜索に参加するだろう。

「ですが、結果的に彼女たち全員が未帰還となってしまいました」

白奈が苦悩するように呟いた。

「それでわたしが呼び戻されたんですか？」

雪菜が静かな声で質問する。

いまだ見習いとはいえ、雪菜も剣巫。紗矢華たちとの交友も深い。

獅子王機関にはほかにも多くの攻魔師がいるが、重要な任務に就いている彼女たちを、学院の生徒のために呼び戻すわけにはいかない。だから消去法で雪菜が選ばれたというのは、納得できる話だった。任務中なのは雪菜も同じだが、監視対象の暁古城が学生という点で、ほかの攻魔師よりも融通が利くからだ。

「そうですね。正確には、あなたと暁古城殿――二人のお力を借りるためです」

「わたしと、暁先輩……ですか？」

予想と違う白奈の返答に、雪菜は戸惑ったように訊き返す。

白奈はなぜか説明に困ったように頼りなく視線を彷徨わせ、

「もちろん獅子王機関には、あなたよりも経験の豊かな攻魔師がいます。あなたや煌坂の師匠である、縁堂縁を投入してもいい……ですが、おそらく縁堂でも、今回の異変を解決することは不可能でしょう」

「師家様でも？」

驚く雪菜に、白奈は怖ず怖ずと答えた。

「そんな予感がするのです。結界の中に囚われた者たちを救い出すためには、あなたと古城殿、二人を送りこむしかないと」

「予感……って、つまりあんたの勘ってことか？　俺たちが呼ばれた根拠ってそれだけ？」

「闇家の本来の役目は、巫女ですから」

そこで白奈はようやく胸を張って微笑んだ。

「巫女……そうか……」

なにかに気づいたようにうめく古城に、闇白奈は厳かに告げた。

「はい。巫女とは、すなわち神託を下す預言者なのです」

5

「ゆいりー！」

鋼色の長い髪の少女が、花嫁の控え室に飛びこんでくる。ウェディングドレス姿の羽波唯里は、咄嗟に振り返って彼女を抱き止めた。

「グレンダ？　わざわざブルエリから来てくれたんだね。ありがとう」

「だー！」

人懐こい子犬のように目を輝かせて、鋼色の髪の少女――グレンダは唯里にギュッとしがみつく。長命な龍種である彼女の外見は、出会ってから五年近くが経った今も、最初のころとほとんど変わっていない。

しかし彼女の内面は大きく変わっていた。今のグレンダは、魔獣との通訳を担当している立派な研究者。ブルー・エリジアムにある魔獣研究所の一員なのだ
「可愛いね、そのドレス。すごく似合ってる。研究所のみんなが選んでくれたの？」

グレンダのパーティードレスを唯里が褒める。

彼女の髪色に合わせたシルバーグレーの生地を、チュール素材で軽やかに仕上げたワンピース。可愛らしさと上品さが同居して、成長した今のグレンダによく似合う。

「ゆいりもー、きれー！」

唯里を見上げて、グレンダが言った。

「ふふ、ありがとう」

お世辞などとは無縁な少女の素直な賛辞に、唯里は満面の笑みを浮かべて応えた。

だがその直後、後方の死角から聞こえきた思いがけない声に、唯里の笑顔は硬直する。

「驚いた……ワ……このバウムクーヘン……すごく、美味しい……バターが利いてて、しっとりしている……ノ」

豪華なドレスを着た紫色の髪の麗人が、どこからともなく現れて口いっぱいに焼き菓子を頬張っていた。

正装した金色の瞳の少年が、そんな麗人を見上げて控えめな口調で諫言する。

「陛下……その引き出物とやらは、土産として持ち帰って食べるもののようですが」

「細かいことはいいの……ヨ……おめでたい席なのだ……カラ」

麗人が残ったバウムクーヘンを丸ごと齧り始め、少年は諦めたように目を閉じた。

唯里は、そんな主従を呆然と見つめて、

「だ、第二真祖アスワドグール・アズィーズ陛下⁉　ど、ど、どうしてここに……⁉」

「どうし……テ？　妙なことを訊くの……ネ？」

バウムクーヘンにかぶりついたままの姿勢で、紫色の髪の真祖が目を瞬く。

「第四真祖が伴侶を娶ろうというのでしょ……ウ？　同じ真祖である儂が、出席するのは、むしろ当然ではなく……テ？」

「は、はい……ソ、ソウデスネ……」

唯里はギクシャクとうなずいた。

本人の自覚が乏しいのでついつい忘れそうになるが、唯里の結婚相手である暁古城は第四真祖。世界最強の吸血鬼なのだ。

そんな古城の結婚式に、他の真祖が参列するのは決しておかしな話ではない。

だが、その結婚式の花嫁は、ほかならぬ唯里自身なのである。今さらのように自分の立場を思い出し、重圧に押し潰されそうになる。あまりの緊張で吐きそうだ。

そんな唯里の動揺を見透かしたように、第二真祖は美しく微笑み、

「もっと自信を持ちなさい……ナ。今日のあなたはとても綺麗……ヨ」

「え？」

「第四真祖の伴侶になるのなら、貴様も我が陛下と同格だ。あまり己を卑下すると、暁古城の顔に泥を塗ることになるぞ。式には残る二人の真祖も、姿を見せるはずからな」

イブリスベール王子が、突き放すような口調で告げる。

素っ気ない言葉遣いとは裏腹に、彼が唯里を気遣ってくれていることはよくわかった。花嫁の控え室に乱入してくるという第二真祖の無礼な振るまいは、唯里に対する警告と激励でもあったのだ。

「はい。ありがとうございます、陛下！　イブリスベール殿下も！」

唯里は、表情を引き締めて力強くうなずいた。

紫色の髪の真祖は満足そうに目を細めると、二個目のバウムクーヘンに手を伸ばす。

「ゆいりー、しあわせ？」

唯里を見上げたグレンダが、唐突に真剣な表情で尋ねてくる。

「そうね、とっても」

龍種の少女の髪を撫でながら、唯里はふわりと花のように微笑んだ。

## 6

「……楽園？」

深い森の奥へと歩を進めながら、古城が雪菜に訊き返す。

多数の災厄が封印されているという、高神の杜の樹海である。失踪した生徒たちを連れ戻すために、古城たちは結界に護られた山麓の禁域へと足を踏み入れたのだ。

しかし想像していたイメージと違い、結界の中は静謐で穏やかな空気に満ちていた。

結界内の至るところに祟り神を祀る社が設けられており、長い石段や、玉砂利を敷き詰めた参道がそれらを結んでいる。

木漏れ日に照らされた森の風景はなかなか幽美で、空気も美味い。ちょっとしたトレッキング気分である。

「女学院の子たちに聞いてきました。最初に失踪した生徒たちは、結界の中で楽園の入り口を見つけたと友人に語っていたそうです。そこで願いを叶えてくる、と」

雪菜が古城に説明を続けた。禁域に潜入する前に、雪菜は独自に女学院の寮を訪れ、情報収集を行っていたのだ。

「楽園……？　楽園ってなんだ？」

「宗教的には天国と同じような意味で使われることもありますけど、願いを叶えるというのが気になりますね。だとすれば、桃源郷に近い意味の楽園でしょうか」

「皆の願いが叶う平和な世界……か」

古城が困惑の表情で考えこむ。

楽園といっても、女子校の生徒たちの間で使われている言葉だ。文字どおりの意味とは限らない。流行している店の名前や、仲間内の隠れ家のような場所ということも考えられる。

しかし女学院の出身者である雪菜が知らないということは、ごく最近になって広まった名称なのだろう。あるいは、雪菜のような真面目な生徒の耳には入らない、後ろ暗い場所なのかもしれない。

「その情報だけだとなんとも言えないな。とりあえず失踪した生徒たちが、無理やり連れ去られたってわけじゃなく、自分たちの意思で結界内に入ったのはわかったけど。それにしたって、誰かに操られてる可能性もあるわけだしな」

「そうですね」

雪菜が硬い表情でうなずいた。

気丈に振る舞ってはいるものの、白奈の説明を聞いて以来、雪菜の瞳には時折、不安の色が浮かぶ。失踪した紗矢華たちのことが心配なのだろう、

「姫柊が叶えたい願いってなんだ？」

少しでも雪菜の気を紛らわせようと、古城はあえて話を逸らす。

「わたしの願い、ですか？」

どうしてそんなことを訊くのか、というふうに雪菜が古城を見返した。

「失踪したのは姫柊と同い年の女子なんだろ。だったら姫柊の望みが参考になるかと思って」

「――先輩が変な事件を起こしたり、変な事件に巻きこまれたりしないことですかね」

「そういうリアルな願いはやめろ」

妙に現実的な雪菜の返答に、古城は思いきり顔をしかめた。

「そんなんじゃなくて、なんかあるだろ。将来やりたいこととか、なりたいものとか」

「高神の杜にいる子たちは、みんな例外なく攻魔師を目指してると思います。この学院に来た時点で、選択の余地がなかった子たちばかりですし」

「ああ、そうか……そういう場所なんだよな、ここは」

ほんの少し寂しそうな雪菜の横顔に気づいて、古城はこっそりと息を吐く。

高神の杜にいる生徒たちのほとんどは、雪菜のような孤児や、強い霊能力が災いして親元にいられなくなった子どもたちばかりなのだという。彼女たちはこの学院に来たことで衣食住が保障される代わりに、獅子王機関の攻魔師になることを運命づけられた。それ以外の選択肢は、彼女たちには最初から与えられていなかったのだ。

「じゃあ、お嫁さんになりたいとか、そういうのもないのか」

古城が真面目な口調で言う。

そんな古城を呆れ顔で見上げて、雪菜は深々と溜息をついた。

「幼稚園児くらいならともかく、今どきそんなことを本気で夢見てる女の子なんていませんよ」

「だよな……俺も今、自分で言ってそれはないなって思ったわ」

真剣な表情で年下の少女に諭されて、古城は反省したように頭をかいた。

男女問わず結婚というのは、人生における分岐のひとつ。なにかに願うようなものではなく、単なる通過点だ。そこに辿り着くのを目標にするのは間違いだろう。

「あの、でも、べつに花嫁になるのが嫌というわけではないんですよ。だから、その、先輩がどうしてもって言うんでしたら……わたしも……」

「――闇さんが言ってた旧校舎ってあれか。思ったより荒れてるな」

目的地である建物を見つけて、古城が不意に声を上げた。

その直前の呟きをあっさり聞き流された雪菜が、恨みがましい視線を古城に向ける。

「むー……」

「どうした、姫柊。面白い顔をして」

「面白くなんかありません！」

頬をぷくっと膨らませたまま、雪菜は正面の廃校舎へと近づいていく。

二階建ての小さな木造校舎だった。闇白奈の情報によれば、三十年ほど前に小火があり、それ以来、取り壊されることもなく放置されていたらしい。

高神の杜の結界に含まれてはいるが、この建物自体になにかが封印されているわけではない。肝試しなどのために立ち寄る生徒が、毎年必ず何人か出てくるが、これまでに問題が起きたことはなかったという。

「いかにも幽霊が出そうな感じの建物だよな。興味本位で見てみたくなる気持ちもわかるわ」

廃墟化した校舎を眺め回し、古城が無責任な呟きを洩らす。

「でも、この建物の中で二週間も過ごすのはさすがに無理がありますね」

崩れ落ちた校舎の屋根を見上げて、雪菜が言った。

床板が腐って建物の土台が剝き出しになっており、窓ガラスもほとんど残っていない。この建物で夜露を凌ぐのは無理だろう。

「だな。魔獣かなにかが棲み着いてるって感じもないみたいだし」

建物の中に入りこみ、古城は中の様子をジッと観察する。

場所が場所だけに、野鳥や虫などは出入りしているのだろうが、人を襲うような大型の獣が隠れ潜んでいる気配はない。仮にそんなものが棲み着いていたとしても、戦闘の痕跡を残すことなく、紗矢華や唯里たちを倒せるとも思えない。隠し部屋のようなものが廃校舎のどこかに隠されていて、彼女たちがそこに閉じこめられているという可能性も低そうだ。

唯一気になったのは、植物の茂り具合だった。

崩れかけた建物全体を覆うように、蔓植物が繁殖している。その植物の種類が、明らかに周囲の森とは違っているのだ。

蔓バラやクレマチス、ハツユキカズラ――どれも園芸用の美しい花を咲かせる品種である。

それらの花々に彩られた廃校舎は、妖精の住処を思わせる幻想的な佇まいを見せていた。

まるで誰かが意思を持って手入れしているとしか思えない光景だ。

森の中でこんな建物を見つけたら、誰もが思わず近づいてみたくなるだろう。

だからといって楽園と呼ぶほどのものでもない。しょせん少しばかり綺麗なだけの廃屋だ。

「これって……」

建物を取り囲む蔓草の中に真新しい金属片を見つけて、古城はそれを拾い上げた。

厚さ一ミリにも満たない薄い金属板。その表面に描かれた模様には見覚えがある。

「呪符……ですね。獅子王機関の舞威媛が、式神を作るときに使う呪式です」

古城の手の中の金属片をのぞきこんで、雪菜が硬い声を出す。

「煌坂たちがここに来たのは間違いないってことか」

破れた呪符の欠片を握りしめ、古城はギリッと奥歯を噛んだ。

呪符が残されている以上、紗矢華か志緒のどちらかが、この場で式神を使ったのは間違いない。だが、その式神は役目を果たす前に破壊され、呪符は単なる金属片に戻った。つまり術者の意識が途絶えたのだ。

やはりこの廃校舎の周囲にはなにかがある。それが生徒たちの失踪の原因だ。

「姫柊、呪術で煌坂たちの痕跡を探ることってできないか？」

古城は顔を上げて雪菜に呼びかける。

しかし雪菜の返事はなかった。古城は困惑して周囲を見回すが、雪菜の姿は見当たらない。廃校舎の敷地内から、彼女は忽然と消えている。

「姫柊……!?」

古城の困惑の叫びが樹海に響く。

しかしその呼びかけに応える声はなく、ただ吹き抜ける微風が花々を揺らすだけだった。

7

「新郎、古城――」

絃神島〝魔族特区〟の結婚式場内に設けられた屋外礼拝堂。

聖職者ふうの衣装に身を包んだ矢瀬基樹が、厳粛な口調で古城に呼びかける。

「あなたはここにいる雪菜を、病めるときも健やかなるときも、富めるときも貧しきときも、妻として愛し慈しみ、そして死が二人を分かつまで、貞操を守ることを誓いますか？」

白いフロックコートを着た古城は、隣に立つ雪菜の横顔に目を向けた。

そして緊張の面持ちで重々しく告げる。

「誓います」

参列者たちが息を呑んで見守る中、古城の声は、意外なほど大きくチャペルの中に反響した。

矢瀬は満足そうにうなずくと、続けて花嫁のほうへと向き直る。

「新婦、雪菜――」

清楚なウェディングドレス姿の雪菜は、小さく肩を震わせた。薄いベール越しに見る景色は白い陽光に包まれて、まるで楽園のようだと雪菜は思う。

「あなたはここにいる古城を、病めるときも健やかなるときも、富めるときも貧しきときも、夫として愛し慈しみ、そして死が二人を分かつまで、貞操を守ることを誓いますか？」

「――誓います」

万感の想いをこめた一瞬の沈黙を挟んで、雪菜は答えた。

参列者たちの口から、おお、と感嘆のどよめきが洩れた。

「では、指輪を交換し、誓いの口づけを交わしてください」

矢瀬が儀式の続きを促す。

古城は首肯し、雪菜のほうへと向き直った。

雪菜はリングピローに置かれた指輪を受け取り、それを古城の薬指に嵌める。

続けて古城が、雪菜のぶんの結婚指輪を受け取った。

雪菜が差し出した左手薬指には、すでに銀色の指輪が嵌まっている。

彼女の肉体を仮初めの〝血の伴侶〟に変えている魔具だ。

古城はその雪菜の指に、新たな指輪を重ねる。

二つ目の指輪は、なんの魔術的効果も持たないただの装身具。だが、その指輪にこめられた意味は、最初のものよりも遥かに重い。

その二つの指輪がカチリと嵌まった瞬間、雪菜の瞳から涙が零れた。

「どうして泣いてるんだ？」

少し動揺したような口調で、古城が訊く。

雪菜は彼を見上げて、泣きながら微笑んだ。

「ごめん……なさい。でも、嬉しくて……」

途切れ途切れの雪菜の声を聞き、古城は照れたように目を伏せた。

彼の指が、雪菜のベールをそっと持ち上げる。

驚くほど近くにある古城の顔を、雪菜は目を逸らさず真っ直ぐに見返した。

「いいのか？　俺なんかとずっと一緒で――」

古城が囁くような声で訊いてくる。

「先輩と……いえ、あなたと一緒がいいんです」

雪菜はあふれる涙を拭うことも忘れて大きくうなずき、目を閉じた。

「幸せか、雪菜？」

優しい声が耳元で聞こえる。

雪菜はその問いに答えようとして、その瞬間——

## 8

「姫柊……どこだ!?」

蔓草に覆われた廃校舎に、古城の声が反響した。

しかし雪菜の返事はない。ざわざわとした葉擦れの音が、嘲笑のように聞こえてくるだけだ。

崩れかけた廃校舎の裏には、美しい庭園が広がっていた。その入り口に、黒いバッグが落ちている。雪菜がついさっきまで背負っていた、銀色の槍を収めたギグケースだ。

「姫……柊……!?」

落ちたケースの傍に駆け寄って、古城は戸惑ったように足を止めた。

庭園内の通路に沿って、花を飾るためのデコレーションフェンスが設置されている。

金属製のそのフェンスに、意識をなくした雪菜が拘束されていた。

彼女の手足を縛っているのは、美しい花をつけた緑の蔓草だ。

怪物に捧げられた生贄の巫女のように、雪菜は磔になっているのだ。

否、磔刑になっているのは雪菜だけではなかった。

唯里や志緒。そして紗矢華と、古城の知らない高神の杜女学院の生徒たち。彼女たち全員が、蔓草に全身を搦め捕られた姿で眠っている。

その姿はどこか荘厳で、芸術的ですらあった。まるで神話の女神を象ったレリーフのようだ。

そんな彼女たちの中央に、よりいっそう美しい裸の女性が立っている。

長生種のように尖った耳と、緑色の長い髪。そして作り物めいた圧倒的な美貌。森の妖精の名にふさわしい、神々しい存在だ。

しかし古城は、敵意を隠そうともせずに彼女を睨みつける。

〝——あなたは、なぜ、私に心を視せてくれないのですか？〟

古城の脳裏に、声が聞こえた。

困惑に満ちた声だった。

「なんだ、おまえは……」

古城が女に問いかける。

彼女が人外の存在なのはわかっていた。

緑色の髪の女に脚はなく、樹木の幹のような姿で、直接地面に根付いている。

雪菜たちを拘束している蔓草は、その彼女の根から伸びているのだ。

〝私は夢を紡ぐ者。蓬萊、常世、エリュシオンなどと呼ばれる者たちの仲間です――〟

「……おまえ自身が楽園とでもいうつもりか？」

古城が、怒りを圧し殺した冷ややかな声で訊く。

蓬萊、常世、エリュシオン。それは世界各地に残された伝説上の楽園の名前だった。緑色の髪の女は、自らその楽園の一員だと名乗っているのだ。

〝心を開き、あなたの望みを視せてください。そうすれば私がそれを叶えます――〟

女の声が、古城の脳内で子守歌のように優しく響く。

強力な催眠効果をまとった声。その声に完全に身を任せてしまえば、たしかに古城の望みは叶うのだろう。ただしそれは現実の出来事ではなく、彼女が見せる夢の中だけの話だ。

「俺の望みを叶えるだと？　笑わせるなよ、粘菌女。おまえはそうやって呪力の強い人間を取りこみ、自分の養分にしているだけだろうが」

古城が獰猛な笑みを浮かべて言い放つ。

緑色の髪の女は楽園などではない。もちろん妖精でも女神でもない。

彼女の正体は、知性を持つ粘菌。植物とも動物ともつかない、原始的な群体性生物だ。

〝私は――我は、この地の土着神の一柱なり。望みを叶える代償に、人は神に供物を捧げる。それは対等の取引であろう？〟

　緑色の髪の女が、強い憤り(いきどお)の念を伝えてくる。

　強力な精神干渉能力。それが彼女の唯一の武器だ。その力で彼女は人々を呼び寄せ、夢を餌(えさ)にして生命力を奪うのだ。

　しかし彼女の能力は、古城には効かない。吸血鬼の真祖(しんそ)である古城は、精神干渉系の魔術に対して強い耐性を備えているからだ。

「なにが対等な取引だ。夢を見せて騙(だま)してるだけの詐欺じゃねーか」

〝人ごときに夢と現実に区別がつくのか？　貴様が見ているその現実が、誰かの夢ではないとなぜ言い切れる？〟

　嘲(あざけ)るような感情とともに、緑色の髪の女が顔を歪(ゆが)める。

　粘菌にしてはたいした知性だ、と古城は素直に感心した。

　だからといって、彼女の言葉を受け入れたわけではない。彼女に従う理由もない。

「ここが夢だろうが現実だろうが知ったことかよ」

〝なに？〟

「俺の見る夢は、俺が決める。姫柊(ひめらぎ)たちを今すぐ解放しろ。そうすりゃ、おまえは博物館送りくらいで許してやるよ」

　古城の全身から、金色の火花が散った。

　吸血鬼の真祖の膨大な魔力が、出口を求めて古城の体内で荒れ狂っている。

その魔力の波動を間近で浴びて、緑色の髪の女が表情を歪めた。彼女が感じている根源的な恐怖が、古城の脳に直接伝わってくる。

〝やめろ……おまえに我を殺せるのか？　我を攻撃すれば、この娘たちも死ぬぞ？〟

雪菜たちを拘束している蔓草が、蠕動して彼女たちの首筋に巻きついた。彼女たちを人質に取ったつもりなのだろう。本当にたいした知性を持つ粘菌である。

だが古城は、そんな粘菌の恫喝を鼻先で笑い飛ばす。

「そいつらが、おまえの見せる夢なんかで満足すると本気で思ってるのか？」

〝…………？〟

「おまえが想像しているより、たぶん百倍くらいは面倒くさいと思うぞ、姫柊たちは」

妙な実感の籠もった古城の言葉に、緑色の髪の女が動揺する。

蔓草に捕らわれた少女たちの身体に、異変が起きたのはその直後だ。

〝なに……な……んだ……これは……？〟

昏睡しているはずの雪菜たちが、膨大な量の呪力を放つ。

あり得ないはずの現象に、緑色の髪の女は哀れなほどに狼狽していた。

しかし古城は、言わんこっちゃねえ、と投げやりに息を吐く。

雪菜たちが無意識に撒き散らしている感情を、古城はよく知っていた。

古城にとっては馴染み深い感情——怒り、だ。

楽園を名乗る女に見せられている夢の中で、彼女たちは激怒していたのだった。

## 9

「——ちょっと待ったあ！」

古城との誓いの口づけを交わそうとした雪菜を、荒々しい声が制止した。

雪菜は驚いて目を瞠り、古城があからさまにうろたえる。

チャペルにいる参列者たちをかき分けるようにして現れたのは、ウェディングドレスを着た長身の少女だ。シニヨンにまとめた栗色の髪。ドレスからこぼれ落ちそうな豊かな胸——

「さ、紗矢華さん⁉」

「どういうことなの、暁古城⁉　今日は私たちの結婚式じゃなかったの⁉」

驚く雪菜の目の前で、紗矢華が古城に詰め寄った。古城を素手で絞め殺しそうな勢いだ。

「え、いや、それは……」

唐突なもう一人の花嫁の乱入に、古城はしどろもどろな言葉を返す。

雪菜は、呆気にとられてそれを見ているだけだ。

聖職者役の矢瀬が、途方に暮れたように目元を覆った。

参列者たちが、ざわざわと騒ぎ出す。

だが騒動はそれだけでは終わらなかった。チャペルの左右の入り口から、それぞれ新たな花嫁が姿を現したからだ。

「待て、煌坂！　どういうことだ⁉　なぜおまえや姫柊がウェディングドレスを着ている⁉　ここは私と暁古城の結婚式の会場だぞ⁉」

「待って待って！　おかしいから！　古城くんはわたしと結婚することになってるんだよ⁉　そのためにわざわざ第二真祖のアスワドさんまで来てくれたんだから！」

駆け寄ってきた志緒と唯里が、左右からフロックコートを着た古城の腕を取る。

両腕を固定され身動きできなくなった古城を、紗矢華が正面から睨みつけた。

「どうして……夢だったのに……幸せなお嫁さんになるって……」

「私の願いを叶えてくれるんじゃなかったのか⁉」

「古城くんのこと、信じてたのに……！」

強引に古城の腕を引っ張りながら、口々に恨み言を口にする志緒と唯里。

「う……う……あああ……」

なにが起きたのかわからない、というふうに、古城は虚ろな目で低く唸り続けている。

「ひどい……です……先輩……」

雪菜は指輪を嵌めた左手を強く握りしめ、そんな古城をキッと見上げた。

握った拳に呪力を集めて、その拳を思い切り振りかぶる。そして——

「先輩……の、バカあああああああ――っ!」

閃光とともに放たれた雪菜の拳が、彼女を拘束していた蔓草を引き裂いた。

カッと大きく目を見開いた彼女が、身体にまとわりついた残りの蔓草を力任せに引きちぎる。

大きく肩を怒らせて、ふーっ、ふーっ、と猛々しい呼吸を続ける雪菜。

ついさっきまで昏睡していた少女とは思えない獰猛さだ。

緑色の髪の女は、その信じられない光景を呆然と見つめている。

「お目覚めか、姫柊?」

「はい……酷い夢でした。最っ低です!」

古城の質問に、雪菜はなぜか怒ったように答えてくる。

ひどい八つ当たりだ、と古城は肩をすくめながら、黒いギグケースを彼女に放った。

雪菜はそれを受け取って、ケースから銀色の槍を引っ張り出す。

七式突撃降魔機槍――魔力を無効化し、ありとあらゆる結界を斬り裂く破魔の槍だ。

「精神支配能力を持つ粘菌型の魔導生物――これが今回の異変の元凶ですか。封印から逃れた細胞の欠片が、年月をかけて増殖していたようですね」

〝う……あ……〟

雪菜の槍が放つ神格振動波の輝きに、緑色の髪の女ははっきりと怯んでいた。

魔導生物である彼女にとって、魔力を無効化する〝雪霞狼〟の力は猛毒と同じなのだ。

「人の純粋な願いを弄び利用する――そんな邪悪な生物にかける情けはありません。この場で細胞の一片残らず消し去ります！　ここから先は私の闘争です！」

「――いいえ、雪菜。私たちの聖戦よ！」

私怨を剝き出しにした雪菜の言葉を、べつの少女たちの声が引き継いだ。

ブチブチと蔓草を引きちぎって立ち上がったのは、昏睡していたはずの紗矢華たちだ。

「煌坂……それに唯里さんと志緒さんも……」

なぜか雪菜同様に怒り狂っている紗矢華たちを、古城はドン引きしながら見つめた。今の彼女たちに迂闊に話しかけると、なぜかとばっちりで古城まで攻撃されそうな予感がある。

〝な、なぜだ、我は……おまえたちの願いを叶えようとしただけなのに……〟

緑色の髪の女が、戸惑いの感情を伝えてくる。

その瞬間、雪菜たち全員の中で、プツンとなにかが音を立ててぶち切れた。

「ざっけんなああああああ――っ！」

結界に囲まれた樹海の奥深くに、攻魔師の少女たちの怒声が響き渡る。

粘菌状の肉体を持つ凶悪な魔導生物が、この世界から跡形もなく消滅したのは、それからわずか数十秒後の出来事だったという。

# 10

「えーと……つまり姫柊たちの願いが偶然被ったせいで夢の内容に矛盾が生じて、あの粘菌が創り出した精神世界がバグって崩壊した、ということか？」

炭化した木々の根っこを眺めながら、古城は情報を整理するように呟いた。

目の前にあるのは、かつての廃校舎の残骸だ。

建物に巻きついていた蔓草は根こそぎ燃え落ち、もはやその痕跡すら残っていない。

あの美しかった庭園も同様だ。

緑色の髪の魔導生物は、昏睡から目覚めた唯里にズタズタに斬り裂かれ、雪菜の〝雪霞狼〟で浄化され、さらに志緒と紗矢華の呪術砲撃によって周囲の建物ごと焼き尽くされたのだ。

その間に古城がやったのは、眠ったままのほかの生徒を、安全な場所に避難させることだけだった。世界最強の吸血鬼にしては地味な役回りだが、犠牲者を出さずに済んだのだから、結果的にはそれでよかったのだろう。

「正確なメカニズムはわかりませんけど、たぶんそういうことだと思います。もともと精神干渉系の魔術は、原理的に共鳴や混信が起こりやすいといわれてますし」

雪菜が、いつもの真面目な口調で答えてくる。

なるほどな、とうなずく古城。雪菜たちが魔導生物に見せられた夢は、共鳴して互いに影響を与え合い、その結果、自己崩壊を起こして彼女たちの目覚めのきっかけを作ったのだ。

結局、この世に〝楽園〟などというものを生み出し、維持するのは、そんな簡単なことではなかった――というわけだ。

「それにしてもこれはやりすぎじゃないのか？」

消し炭となった廃校舎を見上げて、古城が呆れたように息を吐く。

しかし雪菜は、なぜか頑なに首を振り、

「いえ、これくらいは当然の処置です。粘菌は細胞の一片からでも増殖することがありますし、あんなものが結界の外に洩れ出したら、どれだけの被害が出るかわかりません。徹底的に焼き滅ぼさないと……！」

「いや、だからって、身動きできなくなるまで呪術を使いまくる必要はなかっただろ……俺の眷獣を使うことだってできたんだし」

そう言って古城は、背後に倒れている紗矢華たちに目を向けた。

ただでさえ一週間以上も眠っていた上に、目覚めていきなり剣を振り回したり、最大出力の呪術砲撃をぶっ放したりしたのだ。そのせいで雪菜を除く三人は、魔導生物を倒し終わるなり、呪力の枯渇で再び昏睡してしまった。

残った古城と雪菜の二人だけで、七人もの少女を連れ帰ることはできない。

そんなわけで古城たちは、結界の中に残って、獅子王機関の救援を待っているのだった。

「ところで、姫柊たちが見た夢ってどんな内容だったんだ？」

すっかり手持ち無沙汰になった古城が、退屈しのぎに雪菜に質問する。

当たり障りのない質問のつもりだったが、雪菜の反応は意外なものだった。

「え？」

なぜか激しく動揺し、顔を強張らせて黙りこむ雪菜。

古城は訝るように眉を寄せ、

「夢の内容が被ったってことは、煌坂や唯里さんや志緒さんの願い事も、姫柊とだいたい一緒だったってことだろ？」

「えっ……えっ……」

「ていうか、姫柊が目を覚ますとき、俺のことをなんか言ってなかったか？」

「い、いえ、あの、それは……」

「つか、そもそもなんで俺はここに呼ばれたんだろうな？　白奈さんの勘って結局なんだったんだ？　たしかに粘菌女の精神干渉は俺には効かなかったけどさ」

「そ、そうですね……」

雪菜が歯切れの悪い口調で相槌を打つ。しかし古城には彼女の戸惑いの理由がわからない。

「それで結局、姫柊たちの夢ってなんだったんだ？」

古城が同じ質問を口にした。

獅子王機関の攻魔師四人が、揃って同じ夢を見たというのだ。おそらく大切な願い事なのだろうし、できれば叶えてやりたいと思う。

そんな古城の真摯な気持ちが伝わったのか、雪菜はふっと肩の力を抜いて苦笑した。

そして彼女は悪戯っぽい表情で古城を見返し、思わせぶりに首を振る。

「それは秘密です。先輩みたいないやらしい吸血鬼には絶対に教えません」

「なんでだよ⁉」

なぜかいきなり罵倒された古城が、ムキになって言い返す。

雪菜は愉しそうにクスクスと笑って、自分の左手の指輪にそっと触れた。

「でも、もし私の夢が叶う本当に日が来たら、そのときは真っ先に先輩に教えます」

「……わかった。じゃあ、その日を楽しみにしとくか」

古城が肩をすくめて投げやりに言った。

雪菜はそんな古城を見つめて、小さくうなずく。誰も知らない決意をこめて――

「はい。楽しみにしててくださいね」

# 巻末SS

## 笑わないアスタルテ

眷獣（けんじゅう）共生型人工生命試験体。開発コード〝アスタルテ〟——それが、私の名だ。

私はかつて太平洋上に浮かぶ人工島（ギガフロート）〝魔族特区（まぞくとっく）〟を滅ぼすために、そのためだけに創（つく）られた。

だが、その使命は〝第四真祖（だいよんしんそ）〟暁古城（あかつきこじょう）に阻止された。

主人を失った私は、絃神島（いとがみじま）人工島管理公社の保護観察下におかれ、彩海（さいかい）学園でメイドとして暮らしている。争いや殺戮（さつりく）とは無縁の平和な日々。

しかし私は今も笑わない。

人形だから。

道具だから。

人工生命体（ホムンクルス）は笑わないのだ。

「笑い方を、教えて欲しい？」

私の依頼を聞いた暁古城が、怪訝（けげん）そうな顔をした。

肯定、と私は短く答える。

人工的に短期間で育成された私は、人間的な表情というものを学習していない。このままでは一般的な社会生活を営むのに支障をきたす恐れがあった。

つい先日も、オヤジギャグというものをしつこく繰り返す男性教師を無表情に見つめ続けて、泣かせてしまったばかりである。

「笑い方と言われても、普通に笑顔を作ればいいんと思うんだが……こんな感じで」

命令受諾、と返答し、私は彼を真似て唇を吊り上げた。

暁古城が、困ったように目を伏せる。

「いや、すまん……目が笑ってないせいで、めっちゃ不気味だ。むしろ怖い」

「いきなり笑顔を作るのは無理だよね。とりあえず、くすぐってみたらいいんじゃないかな」

そう言って背後から私の脇腹に手を伸ばしてきたのは暁凪沙。暁古城の妹だ。

「うへへ、ここか。ここがええのんか？　……あれ、くすぐったくない？　感じてない？」

「やめろ、凪沙。みんな見てるから。つか、なんとなく変態っぽいぞ、おまえ」

暁古城が見かねたように、暴走気味の妹を止めた。ええっ、と暁凪沙が不満そうに唇を尖らせる。古城はやれやれと肩をすくめて、

「まあ、べつに楽しくもないのに、無理に笑う必要はないと思うけどな」

「そうですね。でも、自分の気持ちを表現したいのに、それができないのはつらいですよね」

暁古城の監視者である姫柊雪菜が、ぽつりと呟く。

幼いころから獅子王機関の剣巫として過酷な戦闘訓練を受けてきた彼女の言葉に、私は少しだけ共感を覚えた。姫柊雪菜の境遇は、私と少し似ているのだ。

「自然に笑えるようになるには時間がかかると思うので、それまでは、楽しいときには楽しいって、絵や文字で表現するのはどうですか。こんなふうに」

「それはいい考えだと思うけど、姫柊……なんだこの絵？」

姫柊雪菜がノートに描いたイラストを見て、暁古城が眉をひそめた。

雪菜は目を瞬いて、

「え？　スマイルマークですけど？」

次の瞬間、彼女の絵をのぞきこんでいた暁古城が、ぶふっ、と耐えかねたように噴き出した。

彼の隣では暁凪沙も、必死で笑いをこらえながら肩を震わせている。

雪菜が「どうして笑うんですか⁉」と頬を膨らます。

卓越した戦闘能力を持つ獅子王機関の剣巫にも、どうやら苦手なことはあったらしい、と冷静に分析しながら、私はなぜか奇妙な心地好さを感じていた。

私の名は、アスタルテ。人工生命体である私は笑わない。

けれど、いつかは。

こんな私のために一生懸命になってくれる彼らの傍にいられるなら、いつかきっと——

# あとがき

本篇完結から約一年と十カ月ぶり！　というわけで、大変お待たせしました。『ストライク・ザ・ブラッド　APPEND3』をお届けしております。

本作はアニメ『ストライク・ザ・ブラッド』のDVD・ブルーレイの購入者向け特典として発表した番外篇や、電撃文庫のイベント向け冊子・書店フェア向けに書き下ろした掌篇などを文庫向けに加筆修正したものです。個人的に気に入っている作品も多かったのですが、ほとんどが入手不可能になっていたので、こうしてあらためて収録することができてとても嬉しい。

前巻と違って共通したテーマなどはありませんが、そのぶん気軽にサクッと読めるかと思います。楽しんでいただけたら幸いです。

■『覚醒 ― Awakening ―』（初出「OVA『ストライク・ザ・ブラッドII』1・2」）

文庫九巻の後日譚（ただしパラレル）。ブルーエリジアム篇では合宿イベントっぽいことがあまり出来なかったので、それを補完するために書きました。雪菜は朝に弱いという設定、本篇のほうでもたまに出てきますね。

■『第四真祖は泳げない　―Stormy Sky―』（初出「ＯＶＡ『ヴァルキュリアの王国篇』前篇」）

みんな大好き、体育倉庫イベントです。比較的早い時期に書かれた短篇なせいか、古城と雪菜の関係が今よりも少し初々しい気がします。もう少し紙幅に余裕があれば、もっと二人をイチャイチャさせてあげられたのですが。残念。

■『暁の空と星の降る夜　―Starry Sky―』（初出「ＯＶＡ『ヴァルキュリアの王国篇』後篇」）

前の話と対になっている短篇。こちらは冬の話です。古城と雪菜が流星群を観に行くだけのストーリーなのですが、その流星群の正体が実は、というオチ。シリーズ史上もっとも寒そうなエピソードではないかと。

■『猫と剣巫　―Touch My Nose―』（初出「ＯＶＡ『ストライク・ザ・ブラッドⅡ』４」）

雪菜の師匠が使い魔を操っていた時点で当然、雪菜も、ということで以前から準備していたエピソード。猫と雪菜が可愛いだけの話ですが、たまにはいいんじゃないでしょうか。

■『第四真祖のいちばん長い朝』（初出「ＯＶＡ『ストライク・ザ・ブラッドⅢ』１」）

獅子王機関の新装備シリーズ第一弾（実は第二弾もあります）。これはタイトルが先に決まっていて、話の内容はあとから組み立てました。こういうひみつ道具系のエピソードはストライク・ザ・ブラッドには意外に少ないので、今見ると少し新鮮な気がします。

■『失われた呪符』（初出「OVA『ストライク・ザ・ブラッドⅢ』２」）

文庫十三巻の後日譚。ヒロインたちみんなで銭湯に行く話。肌色成分多めなのに、あんまり色っぽくない話になってしまいました。獅子王機関の攻魔師たちそれぞれの性格が出ていて、わりと気に入っているエピソードです。

■『ビーチの女王様』（初出「電撃文庫25周年記念！超感謝フェア」アニメイト店舗特典）

店舗特典小冊子用の掌篇。「夏」がテーマという縛りがあったので、安直に海水浴場ネタになりました。雪菜と古城のすれ違いというか会話が嚙み合ってない感じが好き。

■『On A Rainy Day』（初出「OVA『ストライク・ザ・ブラッドⅡ』３」）

めずらしくストレートなラブコメです。古城と遭遇する謎のヒロインを、とにかく可愛く書きたかったエピソード。舞台裏で雪菜と凪沙がいろいろ頑張ってる姿を想像すると、いっそう楽しめるのではないかと思います。

■『第四真祖には向かない職業』（初出「OVA『ストライク・ザ・ブラッドⅢ』３」）

雪菜のエピソードが続いてますが、このころちょうどOVAが雪菜メイン回だったのです。といいつつ、古城の進路相談に見せかけて、魔族特区と世界観の説明をがっつりやってるような気が。忘れられがちですが、こういう世界観の作品なんですよね。

■『凪沙のお小言』（初出「OVA『ストライク・ザ・ブラッドⅢ』5」）

本篇のほうでは描かれなかった、凪沙との和解を描いた話。わりと重要なエピソードなのですが、文庫で回収できなかったのがずっと気になっていたので、今回収録できて良かったです。凪沙役の日高里菜（ひだかりな）さんが、ニコ生特番の中でこのエピソードのことに触れて、喜んでくださったのが、個人的に嬉（うれ）しかった思い出。

■『Wrong Baggage』（初出「電撃文庫公式海賊本『電撃がーるず水着ふぇすてぃばる！』」）

マニャ子（こ）さんに描（か）いてもらったイラストが先にあって、そのイメージに沿った内容の小説を書くという、ちょっと変則的な掌篇でした。イラストの雪菜の水着がけっこう過激なヤツだったので、どうやってそれを雪菜に着せるかで知恵を絞った記憶があります。

■『第四真祖、美容院に行く』（初出「電撃文庫通算3000タイトル突破!!大感謝フェア」ゲーマーズ店舗特典）

ストレートなラブコメその二。わりとありがちなオチですが、そこに至るまでの掛け合いがいかにも古城と雪菜という感じで気に入っています。あとゲストで登場した名も無き美容師のお二人が好き。

■『Fake Glasses』（初出「OVA『ストライク・ザ・ブラッドⅢ』4」）

この掌篇が収録されたOVAの内容と連動したエピソード。真祖大戦では浅葱が重要な役割を担っているのですが、その裏側にあった彼女の想いを補完しています。モグワイの由来とかディディエの正体とか、重要な情報がさらりと出てきて今見るとびっくりしますね。

■『普通の私の特別な……』（初出「『電撃文庫MAGAZINE』2018年7月号」）

絃神島の日常を描いた短篇。「私」ちゃんは個人的に気に入っているので、どこかで再登場しないかな。こういう魔族特区ならではのエピソード、機会があればもっとたくさん書きたいです。古城たちレギュラーキャラたちが背景として登場するのも良き。

■『楽園のウェディングベル』（書き下ろし）

せっかくの書き下ろしなのでインパクトのある絵面を、ということでヒロインたちにウェディングドレスを着せてみました。高神の杜については細かい設定をたくさん作っていたのですが、本篇では描けなかったので、ようやく今回登場させられて嬉しい。

高神の杜の事件簿、みたいなスピンオフもどこかで書いてみたいですね。紘神島に来る前の、修業時代の雪菜や紗矢華たちが活躍する短篇集とか。

■『笑わないアスタルテ』（初出『電撃スマイル文庫』）
笑顔をテーマにした小冊子に収録してもらった掌篇。この本の中ではいちばん古い作品ですが、この掌篇にこめた願いは今も変わっていません。

この本を手に取ってくださったあなたが、笑顔になってくれたらなによりも嬉しい。


さてさて、そんな感じでお届けしてきた『APPEND3』ですが、この本に収録しきれなかった短篇や掌篇はまだまだたくさんありまして、いずれまた文庫に収録できれば、と思っています。なにとぞ引き続きよろしくお願いいたします。

最後になってしまいましたが、イラストを担当してくださっているマニャ子さま、今回も素敵な作品を本当にありがとうございました。

併せて本書の制作・流通に関わってくださったすべての皆様にも心からお礼を申し上げます。

もちろんこの本を読んでくださった皆様にも精一杯の感謝を。

それではどうか、また次巻でお目にかかれますように。

三雲岳斗

## ◉三雲岳斗著作リスト

「コールド・ゲヘナ①〜④」(電撃文庫)
「コールド・ゲヘナ　あんぷらぐど」(同)
「レベリオン1〜5」(同)
「i・d．Ⅰ〜Ⅲ」(同)
「道士さまといっしょ」(同)
「道士さまにおねがい」(同)
「アスラクライン①〜⑭」(同)
「ストライク・ザ・ブラッド1〜22　APPEND1〜3」(同)
「サイハテの聖衣(シュラウド)1〜2」(同)
「虚ろなるレガリア　1〜3」(同)

「M.G.H　楽園の鏡像」（単行本　徳間書店刊）
「聖遺の天使」（単行本　双葉社刊）
「カーマロカ」（同）
「幻視ロマネスク」（同）
「煉獄の鬼王」（双葉文庫）
「海底密室」（デュアル文庫）
「ワイヤレスハート・チャイルド」（同）
「アース・リバース」（スニーカー文庫）
「ランブルフィッシュ①〜⑩」（同）
「ランブルフィッシュ　あんぷらぐど」（同）
「ダンタリアンの書架1〜8」（同）
「旧宮殿にて」（単行本　光文社刊）
「少女ノイズ」（同）
「少女ノイズ」（光文社文庫）
「絶対可憐チルドレン・THE NOVELS」（ガガガ文庫）
「幻獣坐1〜2」（講談社ノベルズ）
「忘られのリメメント」（単行本　早川書房刊）
「アヤカシ・ヴァリエイション」（LINE文庫）

**本書に対するご意見、ご感想をお寄せください。**

ファンレターあて先
〒102-8177　東京都千代田区富士見2-13-3
電撃文庫編集部
「三雲岳斗先生」係
「マニャ子先生」係





**初出**

OVA『ヴァルキュリアの王国篇』Blu-ray&DVD
前篇(2015年11月25日発売)・後篇(2015年12月23日発売)
OVA『ストライク・ザ・ブラッドII』Blu-ray&DVD
第1巻(2016年11月23日発売)～第4巻(2017年5月24日発売)
OVA『ストライク・ザ・ブラッドIII』Blu-ray&DVD
第1巻(2018年12月29日発売)～第5巻(2019年9月25日発売)
「普通の私の特別な……」／「電撃文庫MAGAZINE Vol.62」(2018年7月号)

文庫収録にあたり、加筆、訂正しています。

「楽園のウェディングベル」は書き下ろしです。

電撃文庫

# ストライク・ザ・ブラッド APPEND 3

三雲岳斗

2022年6月10日　初版発行

発行者　青柳昌行
発行　株式会社KADOKAWA
〒102-8177　東京都千代田区富士見2-13-3
0570-002-301（ナビダイヤル）
装丁者　荻窪裕司（META＋MANIERA）
印刷　株式会社暁印刷
製本　株式会社暁印刷

●お問い合わせ
https://www.kadokawa.co.jp/（「お問い合わせ」へお進みください）
※内容によっては、お答えできない場合があります。
※サポートは日本国内のみとさせていただきます。
※ Japanese text only

※定価はカバーに表示してあります。

ISBN978-4-04-914456-7　C0193　Printed in Japan

電撃文庫　https://dengekibunko.jp/

# 電撃文庫創刊に際して

文庫は、我が国にとどまらず、世界の書籍の流れのなかで〝小さな巨人〟としての地位を築いてきた。古今東西の名著を、廉価で手に入りやすい形で提供してきたからこそ、人は文庫を自分の師として、また青春の想い出として、語りついできたのである。

その源を、文化的にはドイツのレクラム文庫に求めるにせよ、規模の上でイギリスのペンギンブックスに求めるにせよ、いま文庫は知識人の層の多様化に従って、ますますその意義を大きくしていると言ってよい。

文庫出版の意味するものは、激動の現代のみならず将来にわたって、大きくなることはあっても、小さくなることはないだろう。

「電撃文庫」は、そのように多様化した対象に応え、歴史に耐えうる作品を収録するのはもちろん、新しい世紀を迎えるにあたって、既成の枠をこえる新鮮で強烈なアイ・オープナーたりたい。

その特異さ故に、この存在は、かつて文庫がはじめて出版世界に登場したときと、同じ戸惑いを読書人に与えるかもしれない。

しかし、〈Changing Times,Changing Publishing〉時代は変わって、出版も変わる。時を重ねるなかで、精神の糧として、心の一隅を占めるものとして、次なる文化の担い手の若者たちに確かな評価を得られると信じて、ここに「電撃文庫」を出版する。

**1993年6月10日**
**角川歴彦**

# 電撃文庫DIGEST　6月の新刊

発売日2022年6月10日

第28回電撃小説大賞《金賞》受賞作

## 竜殺しのブリュンヒルド

著／東崎惟子　イラスト／あおあそ

第28回電撃小説大賞《銀賞》受賞作。竜殺しの娘として生まれ、竜の娘として生きた少女、ブリュンヒルドを翻弄する残酷な運命。憎しみを超えた愛と、愛を超える憎しみが交錯する！　電撃が贈る本格ファンタジー。

## 姫騎士様のヒモ2

著／白金 透　イラスト／マシマサキ

進まない迷宮攻略に焦る姫騎士アルウィン。彼女の問題を解決したいマシューだが、近衛騎士隊のヴィンセントによって殺人事件の容疑者として挙げられてしまう。一方、街では太陽神教が勢力を拡大しており……。大賞受賞作、待望の第2弾！

## とある科学の超電磁砲（レールガン）

著／鎌池和馬
イラスト／はいむらきよたか、冬川 基、ほか

『とある科学の超電磁砲』コミック連載15周年を記念し、学園都市を舞台に、御坂美琴、白井黒子、初春飾利、佐天涙子の4人の少女の、平和で平凡でちょっぴり変わった日常を原作者・鎌池和馬が描く！

## 魔法科高校の劣等生 Appendix①

著／佐島 勤　イラスト／石田可奈

『魔法科』10周年を記念して、今となっては入手不可能なBD/DVD特典小説を電撃文庫化。これは、毎夜繰り広げられる、いつもの『魔法科』ではない『魔法科高校』の物語――『ドリームゲーム』を収録！

## 虚ろなるレガリア3 All Hell Breaks Loose

著／三雲岳斗　イラスト／深遊

暴露系配信者の暗躍により龍の巫女であることを全世界に公表されてしまった彩葉と、連続殺人の冤罪でギルドに囚われたヤヒロ。引き離された二人を狙って、新たな不死者たちが動き出す――！

## ストライク・ザ・ブラッド APPEND3

著／三雲岳斗　イラスト／マニャ子

寝起きドッキリや放課後デートから、獅子王機関の本拠地で起きた怪事件まで。古城と雪菜たちの日常を描くストブラ番外篇第三弾！　完全新作を含めた短篇・掌編十五本とおまけSSを収録！

## 声優ラジオのウラオモテ #07 柚日咲めくるは隠しきれない？

著／二月 公　イラスト／さばみぞれ

「自分より他の声優の方が」ファン心理が邪魔をするせいでオーディションに弱く、話芸で台頭してきためくる。このままじゃ駄目だと気づきながらも苦戦する、大好きで可愛い先輩のため。夕陽とやすみも一肌脱ぎます！

## ドラキュラやきん!5

著／和ヶ原聡司　イラスト／有坂あこ

父・ザーカリーとの一件で急接近したアイリスと虎木。いつもの日常を過ごしていたある日、二人は深夜の街で少女・羽鳥理沙をファントムから救出する。その相手はまさかの"吸血鬼"で……!?

## 妹はカノジョにできないのに2

著／鏡 遊　イラスト／三九呂

雪季は妹じゃなくて、晶穂こそが血のつながった妹だった!?　自分にとっての"妹"はどちらなのか……。答えが出せないまま、晶穂が兄妹旅行についてくると言い出して!?　複雑な関係がついに動き出す予感が――！

## 友達の後ろで君とこっそり手を繋ぐ。誰にも言えない恋をする。2

著／真代屋秀晃　イラスト／みすみ

どうかこの親友五人組の平穏な関係が、これからも続きますように。そう心から願っていたのに、恋仲になることを望んでいる夜瑠と親密になっていく。バレたらいまの日常が崩壊するのは確定、だけどそれでも――。

新作

## 明日の罪人と無人島の教室

著／周藤 蓮　イラスト／かやはら

未来測定が義務化した世界。将来必ず罪を犯す《明日の罪人》と判定された十二人の生徒達は絶海の孤島『鉄窓島』に集められる。与えられた条件は一つ。一年間の共同生活で己が清廉性を証明するか、さもなくば死か。